내가 같이 뛰어내려 줄게

내가 같이 뛰어내려 줄게

글·그림 씨씨코

다산북

🪐 차 례

1장

바들바들 덜덜덜 떨린다

여섯 살의 나는

새벽에 갑자기 잠에서 깼다.

화장실에 가고 싶었다.

　침대에서 일어나 보니 건너편에 있는 커다란 장롱의 문 한쪽
이 살짝 열려 있었다. 방도 깜깜한데 장롱 문이 열린 틈 사이는
더 시커멨다. 그걸 보니 저 장롱 안에는 분명히 커다란 괴물이
몸을 웅크리고 밖을 살피고 있다는 확신이 들었다. 여섯 살 인생
에 최대 고비가 찾아왔다. 화장실은 가야겠는데 그러려면 장롱

을 지나가야 했다.

내가 장롱 앞을 지나갈 때 괴물이 확 튀어나오면 어떡하지. 왠지 지금도 저 문틈 사이로 나를 쳐다보고 있을 것 같았다. 차마 침대 밖으로 나가지 못하고 안절부절못하며 이불을 더욱 꽉 쥐었다. 장롱 속 괴물은 여섯 살 꼬마에게 세상에서 가장 무시무시한 존재였다.

돌아가고 싶다.
그 장롱 괴물이 세상에서
제일 무서웠던 여섯 살 때로.

장롱 속 괴물은 해가 뜨면 사라졌다. 아침에 일어나면 언제 그랬냐는 듯 장롱 문을 열고 내가 제일 좋아하는 옷을 꺼내 입으며 신나게 유치원에 갈 준비를 했다. 괴물은 머릿속에서 잊혀졌고 더 이상 존재하지 않았다. 그런데 지금 내가 무서워하는 것들은 해가 뜨고 날이 밝아도 사라지지 않는다. 오히려 더 세게 내 목을 조르는 느낌이다.

이제 다 커버린 나는 마구 들이닥치는 현실이 무섭다. 사람들과의 관계가 무섭다. 불확실한 미래가 무섭다. 누구든 죽이고 살릴 수 있는 돈의 힘도 무섭고, 현실도 모르고 헛된 꿈을 가졌다가 바닥에 패대기쳐지는 냉정한 인생이 무섭다. 장롱 괴물과는 다르게 지금 내가 무서워하는 것들은 실제로 나를 공격해 온다. 그래서 매일 밤 고요한 방에서 혼자 바들바들 떤다.

차라리 내가 노이로제에 걸려서 쓸데없이 무서워하는 거라면 좋겠다. 그런데 하나하나가 지극히 현실적이다. 낮에는 직접 현실 속에 살면서 그 무서운 존재들을 피부로 느껴야 한다. 그리고 밤에는, 이 모든 것들을 감당하면서 내가 살아남을 생존확률이 몇 퍼센트나 될까 계산해 보며 불안에 떨어야 한다.

이런 거 말고
장롱 속 괴물이 무섭고 싶다.

혹시 이거 읽고 있으면
다시 내 장롱으로 돌아와 주라.
오빠가 잘해줄게~. 👻

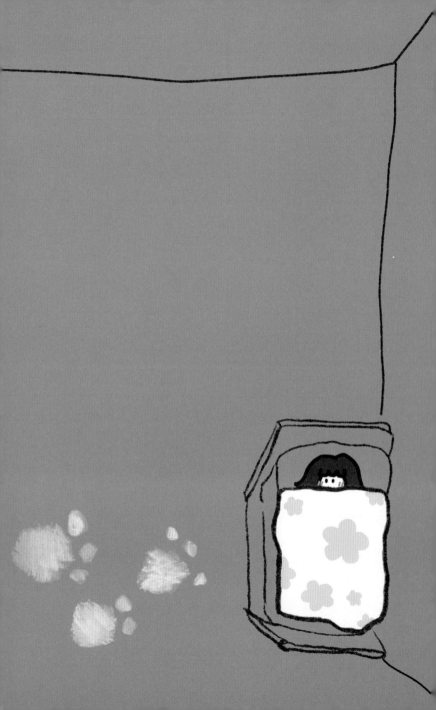

나한테 안 물어봤잖아 ____

인생은 참 힘겹다.

때때로 다 내려놓고 싶다.

왜 이렇게 애써가며

살아가야 하는지 모르겠다.

태어났음에 감사하고 살아 있음에 감사하라는데 그 말에 공감할 수 없는 날이 참 많다. 태어나지 않았더라면 더 감사할 수 있었을 것 같다는 생각이 스친다. 차라리 내가 더 공감할 수 있는 말은 툴툴거리며 죽지 못해 산다는 동네 욕쟁이 할머니의 한

탄이다.

그렇다고 삶을 끝내고 싶다는 게 아니다. 그건 나를 위해서도
주변 사람들을 위해서도 원하지도, 하고 싶지도 않은 일이다. 사
실 죽음을 택하는 것도 배짱이 있는 사람만 할 수 있는 거라서
겁 많은 나는 애초에 시도도 할 수 없다. 그래서 죽고 싶다고 말
하는 것조차 나 스스로가 겁쟁이밖에 안 된다는 걸 상기시켜줄
뿐이다. 마지막 자존심이라도 지키려면 그런 말은 아예 꺼내지
않는 게 현명하다.

대신 삶이 사라졌으면 하고 소망했다. 애초에 없었던 것처럼
아무것도 기억하지 않고 존재하지 않는 '무'의 상태가 되고 싶달
까. 말도 안 되는 판타지 소설을 상상하듯이 이런 선택이 가능하
다면 어떨지 머릿속에 한번 그려보았다.

참 부질없는 상상이었다.

내가 어떤 상태이든 뭘 원하든 상관없이 해는 뜨고 또 뜨고
인생은 계속 진행되었다. 하늘을 보고 따졌다. 중도 하차도 없는

삶인데 적어도 주기 전에 내 의사는 물어보고 줘야 했던 거 아니냐고. 내가 달라고 한 적도 없는 인생을 받아서 꾸역꾸역 살아야 하는 게 억울했다. 나한테 태어나고 싶냐고 안 물어봤잖아…요!

어쩌면 이런 마음은, 가진 자의 여유처럼 이미 삶이 주어졌기 때문에 철부지같이 떼를 쓰는 것에 지나지 않을지도 모른다. 하지만 지금 심정으로는 당장이라도 반납하러 달려가고 싶다. 만약 정말 내게 그 선택권이 있었다면 난 어떻게 했을까.

아잉 몰라 몰라. 💡

"네가 애야?"라는 소리를 들었다.

듣고 보니 맞는 말이었다. 나는 애였다.

나이를 먹으면 주름이 하나둘 늘어가며 자연스럽게 노화가
오는 것처럼 어른이 되는 일도 나이를 먹으면 저절로 되는 줄 알
았다. 그런데 그렇지 않았다. 나이를 먹었고 마주하는 현실이 달
라졌는데도 내 멘탈은 어렸을 적 철부지 그대로였다. 분명 하는
일도, 환경도, 책임의 정도도, 어른이 되면서 다 달라졌는데 왜
나는 변하지 않았을까.

여전히 내 맘대로 하고 싶은 것만 하려 하고, 안되는 것 같으면 생떼를 부리고, 너무 순수한 소망을 간직하면서 버리려고 하지 않는다. 어렸기 때문에 보호받으며 누릴 수 있었던 것들을, 지금 보호막 따위는 없는 나이를 먹고서도 계속 유지하려고 하니 '네가 애야?'라는 소리를 듣게 된다. 세상 물정 모르는 애가 되었다.

그뿐만 아니다. 지금쯤이면 그래도 전보다 훨씬 마음도 넓어지고 이해심도 깊어져 좀 더 성숙한 사람이 되어 있을 줄 알았다. 적어도 오늘 하루를 어떤 마음가짐으로 살아야 올바르고 행복한 인생을 만들 수 있는지 그 지혜를 조금은 터득했을 줄 알았다. 내가 생각한 어른은 그런 거였다.

하지만 시간은 나를 더 성숙한 어른으로 만들어주지 않았다.
마음의 크기도 지혜의 깊이도 교복 입던 시절이랑 똑같다.

내가 무슨 피터팬도 아니고 이래도 되나 싶다. 나이가 채워진다고 어른이 되는 건 아니라는 사실을 알았으니 노력을 해서라도 어른이 되어야겠다고 생각했다. 내 멘탈을 나이에 맞게 졸업

시키고 바꾸기로 결심했다. 그런데 그 마음을 먹자마자 버퍼링이 걸린 것처럼 뇌가 일시정지 되었다.

바뀌어야 하는 건 알겠고 그러고도 싶은데 도대체 뭘 바꿔야 할지 알 수가 없었다. 다른 사람들이 조언해 주고 얘기해 주는 걸 따르자니 그게 내가 되고 싶은 어른도 아니다. 꽉 막힌 막다른 골목의 벽을 바라보고 서서 어디로 가야 할지 정해야 하는 듯한 느낌이었다.

에라 모르겠다.
지금은 할 수 있는 게 없는 것 같다.
때가 되면 나도 크겠지.

어른이 되기를 한 번 더 미루기로 했다. 🎈

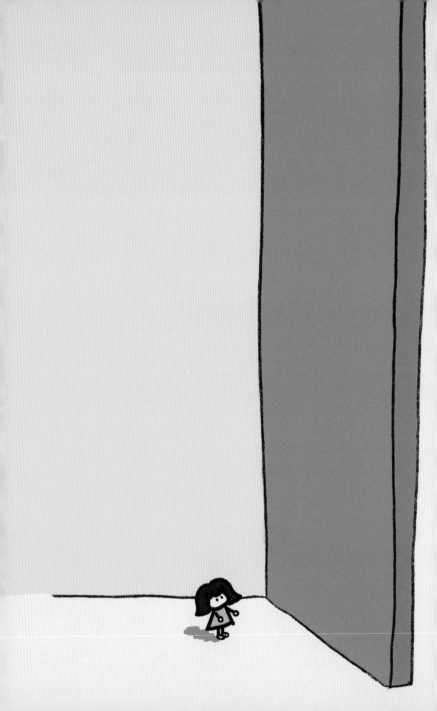

생방송의 세계는 짜릿하다.

단 1초의 찰나에 엄청난 대형 사고가 날 수 있고 방송에 따라서는 아주 큰돈이 날아갈 수도 있다. 특히 광고와 관련된 사고라면 그 피해의 정도에 따라 직장에서 잘릴 것도 각오해야 한다. 방송국은 광고로 돈을 벌고 그 돈을 위해서 사람을 고용하는 것이니 말이다.

무서워서 롤러코스터도 못 타는 쫄보인 나는 의외로 초를 다

투는 생방송 세계의 스릴을 즐겼다. 그래서 방송국에 가는 길은 항상 룰루랄라 신이 났다. 그날 방송도 역시 평소처럼 모든 게 순조로이 흘러가는 것 같았다. 편안하게 내 자리에 앉아 있는데, 갑자기 뒤쪽에서 엄청난 욕설이 들렸다.

"FUCKKKKKKKKK!!!!!!!!!!!!!!!!!"

심장 떨어지는 줄 알았다. 뒤돌아보니 총책임감독님이었다. 평소 워낙 너그럽고 친구 같은 분이라 이런 모습은 처음 봐서 너무 놀랐다. 얼마 안 걸려 상황을 파악했다. 팀원 한 명이 실수로 버튼을 잘못 눌러 광고가 나가다 말고 중간에 끝나버린 것이다. 감독님은 긴급하게 상황을 정리해야 했고 전쟁 같은 10분이 휘몰아치고 지나갔다.

사고를 친 팀원은 크게 혼나긴 했지만 아무 페널티도 받지 않았다. 그 큰돈을 날려먹은 대가는 겨우 짧은 꾸중이 전부였다. 심각한 사고를 저질렀지만 그 팀원이 가볍게 넘어갈 수 있었던 건 감독님이 모든 걸 책임졌기 때문이었다.

단순히 감독님이 좋은 분이라서가 아니었다. 감독의 자리는 일개 팀원과는 비교할 수 없는 큰 책임을 지는 자리이기 때문에 그래야만 했다. 이곳에 일어나는 모든 일에 책임을 져야 하는, 말 그대로 총책임자였다. 그래서 실수는 팀원이 했는데도 페널티를 받는 것은 감독님의 몫이었다. 책임자라는 역할은 참 버거운 것 같다.

그런데 문제는,
그 버거운 책임자라는 게
남 얘기가 아니라는 것이다.

나도 책임자였다.

'내 삶의 책임자'

내 모든 선택에 대한 책임은 내가 져야 한다. 그 대가가 좋은 것이든 나쁜 것이든 다 직접 감당해야 한다는 사실을 너무 늦게 깨달았다.

밤에 매운 떡볶이 먹는 것을 선택해서 다음 날 배탈이 나는 작은 대가도 내가 치러야 하고, 직업을 잘못 선택해서 그 대가로 평생 돈에 전전긍긍하며 고달픈 삶을 살아야 하는 것도 나의 몫이다. 사람을 잘못 믿어서 마음이 산산조각이 나버리는 대가도 고스란히 내가 치러야 한다.

선택의 순간은 매번 있는데,
어떻게 해야 할지 모르겠다.

차라리 엄마 아빠의 보호막 밑으로 돌아가 영원히 어린애가 되어 선택도 책임도 지고 싶지 않다는 생각도 들었다. 아니, 심지어 그 누구도 상관없다. 누구든 나 대신 선택을 해주면 좋겠다. 인생이 잘되면 그 사람에게 고마워하고, 망하면 내 탓이 아니라며 그 사람을 원망하면서 피해자인 척 마음은 편히 사는 것이다.

인생만큼은 연봉 높은 총책임자 감독님이 아니라
사고를 쳐도 책임 안 지는 일개 팀원으로 살고 싶다.

혹시 연봉 높은 팀원 같은 건 없나요? 🤷

거실에 앉아 TV를 보는데 오랜만에 보는 한 여배우가 나왔다. 솔직히 평소에 예쁘다는 생각을 못 해본 배우였는데 큰 스크린으로 보니 이목구비가 뚜렷하고 미소가 참 아름다워서 미녀라고 불러야 할 얼굴이구나 싶었다. 다리는 또 어찌나 길쭉한지 화면 보고 내 다리 봤다가 깜짝 놀랄 뻔했다.

이 여배우가 우연히 뮤지컬 배우가 꿈인 중학생 소녀를 만났다. 어린 나이에 학교 다니기도 바쁠 텐데 주말마다 지방에서 서울까지 혼자 버스를 타고 올라와 학원에서 연기를 배우는 꿈 많은 소녀였다.

여배우는 굉장히 애틋한 표정으로 중학생 소녀의 이야기를 듣더니 본인도 어렸을 때 똑같이 주말마다 버스를 타고 서울의 학원에 다녔었다고 말했다. 그 시절이 참 행복했다고 말하면서 이렇게 한마디를 덧붙였다.

"그 시절이 참 소중했던 건
정말 꿈만 꾸면서
오로지 꿈만 꿀 수 있는
시간이었기 때문이었던 것 같아요."

아, 이해 못 하고 싶었다.
하지만 듣는 순간 이 말을 가슴 깊이 이해해 버렸다.
아마도 중학생 소녀는 이해하지 못했겠지.

물건이든 사람이든 항상 잃어버리고서야 더 잘해줄걸 후회하며 소중함을 깨닫는다. 그전엔 모르다가 뒤돌아보고서야 그것이 얼마나 값진 것이었는지 알게 된다. 그런데 내가 알고 있었다. 오로지 꿈만 꿀 수 있는 시절의 소중함을 알고 있었다. 그건 아마도 나도 그 시절을 잃어버렸다는 뜻이겠지. 이미 뒤돌아보고 있는 시점에 와 있다는 거겠지.

크고 나니 우리에게는 꿈만 꾸면서 살 수 있는 여유와 사치가 없다는 걸 알게 되었다. 꿈보다는 생존이 더 어울리게 됐다는 것도. 그리고 소중함을 깨닫게 되었다. 꼭 이루지 못해도 꼭 확실하지 않아도 그저 막연하게 꿈만 생각하며 보낼 수 있는 시절의 소중함 말이다.

부잣집에서 태어나지 않아도 머리가 비상하지 않아도 별난 노력을 하지 않아도 우린 모두 각자 꾸고 싶은 꿈을 꾸었다. 그게 당연한 나이였고 미래는 다를 수 있다는 막연한 희망을 마음 한구석에 간직할 수 있는 순수함을 가지고 있었다.

하지만 나는 이제 생각보다 너무 커버렸다.
저 해맑은 중학생 소녀처럼 갸우뚱거리며
그 소중함을 모를 수 있었다면 좋았을 텐데.

소중한 시절의 소중함을

이제는 알고 있음에 감사해야 할지

아니면, 현실에 부딪치고 커버린 나를 보며

마음 아파해야 할지 갈피를 못 잡겠다. 🔦

아이스크림 때문에 울었다 ____

밤 열두 시가 다 되어 집에 돌아오는 길.

길모퉁이에 자리 잡은 분홍색 브랜드 아이스크림 집이 눈에
들어왔다. 서른한 가지가 넘는 다양한 맛을 파는데 그중에 내가
제일 좋아하는 것은 딸기맛이었다.

단지 너무 먹고 싶다는 이유만으로 가게에 대뜸 들어가 사 먹
다가는 한 달 동안 써야 할 돈이 일주일 만에 거덜 나는 즐거운
경험을 할 수 있는 곳이다. 그래서 대부분의 날처럼, 너무나도 먹

고 싶었지만 그냥 지나쳤다.

그러다 발걸음을 멈춰 돌아섰다.

오늘 하루도 사는 게 즐겁지 않았다. 그 마음을 꾹꾹 누르고 버텨냈는데 좋아하는 아이스크림 하나 먹지 못한다니. 진짜로 왜 사는 거지? 내가 더 이상 왜 버텨야 하는 거지? 그래야 할 이유가 하나쯤은 있어야 나도 버틸 거 아닌가. 그 이유를 만들어주고 싶어서 발걸음을 멈췄다.

서른한 가지 맛 중에 그 딸기맛 하나만 맘껏 먹을 수 있다면, 그 아이스크림 한 컵이면 충분한 이유가 될 것 같았다. 가끔은 좋아하는 아이스크림을 맘껏 먹으며 사는 인생이라면 그래도 포기하기엔 아까울 것 같았다. 먹기 위해 살고자 하는 마음이 들 수 있다면 그렇게라도 살아야지.

드디어 분홍색 아이스크림 집에 입장했다. 목숨값이라고 정했으니까 원하는 만큼 먹기로 했다. 혼자 다 먹지 못할 사이즈로 시켰다. 네 가지 맛을 고를 수 있는 쿼터 사이즈로. 딸기 아이스

크림과 함께 민트초코, 녹차, 그리고 바닐라초코칩 맛을 고르고
아르바이트생에게 부탁했다.

"저, 여기 딸기맛을 너무너무 좋아해서 그러는데
그걸 제일 많이 넣어주시겠어요?"

저녁으로 먹은 햄버거의 두 배나 되는 가격인데 사치스러운
아이스크림을 들고 집에 가는 길이 하나도 양심에 찔리지 않았
다. 신나게 깡충거리며 오랜만에 행복을 살짝 느꼈다. 그래, 맞
아. 이렇게 가끔 좋아하는 아이스크림도 사 먹으면서 산다면 살
만하지!

방에 들어오자마자 언제 살기 싫었냐는 듯 내가 봐도 참 해맑
은 미소로 아이스크림을 꺼냈다. 역시 그래도 세상엔 살 만한 이
유가 있었어. 그래도 좀 잘 버텨보라고 이런 작은 기쁨을 내게
주셨나 보다. 두근두근 설레는 마음으로 분홍색 뚜껑을 열었다.

잠깐만, 이게 뭐야?
순간 내 눈을 의심했다.

딸기맛 아이스크림이 거의 없었다. 쪼끄마한 아이스크림 숟가락으로 네 입만 먹으면 바로 없어질 정도로 너무너무 조금 들어 있었다. 일시정지가 된 것처럼 몸이 멈춰졌다.

이 딸기맛 아이스크림은 내 목숨값이었다. 적어도 내일까지 숨 쉬고 살 이유였다. 그만큼 중요해서 큰맘 먹고 산 아이스크림인데. 근데 이 아이스크림까지 날 배신한다고? 행복했던 기분이 순식간에 사라졌다.

아무리 목숨값인
아이스크림이어도 상관없구나.
날 배신하는구나. 이거 봐.

역시 세상은 힘들다고 날 봐주지 않아.
더 세차게 배신할 뿐이야.

귀퉁이에 쪼끄마하게 박혀 있는 딸기맛 아이스크림을 보며 서러워서 엉엉 울었다. 하지만 그 와중에 아까워서 버리진 못하고 펑펑 울면서 자존심을 구기고 한 스푼 두 스푼 떠먹었다.

내가 좋아하는 아이스크림을 억지로 학교에 가야 하고 억지로 출근을 해야 하는 월요일처럼 꾸역꾸역 퍼먹었다.

세상에 대한 정이 더 떨어졌다.

내가 누군가를
정말로 사랑할 수 있을까?

　세상에는 좋은 사람도 많지만 나쁜 사람도 가끔 있고, 남들에
게 보여주는 겉모습과 내면의 진짜 모습이 다른 사람도 많다. 내
가 이 중에 나의 모든 걸 바쳐 사랑할 만큼 누군가를 믿을 수 있
을지 모르겠다.

　그 사람이 좋은 사람이라면 다행이겠지만, 반대의 경우를 생

각하지 않은 채 무턱대고 사랑하기에는 뒷감당을 할 자신이 없다. 잘못된 사람을 사랑하거나 믿는다면 내 마음도 탈탈, 인생도 탈탈, 정신줄도 탈탈, 눈물샘도 탈탈. 탈수기에 전부 쪽 빨려서 삐쩍 말라버릴 텐데.

특히 마음을 줄 때 정도가 없이 아주 그냥 통째로 다 주는 게 특기인 사람들은 더 조심스럽다. 그 마음을 누군가 깨뜨리면 영원히 회복이 안 될 것이다. 그래서 나도 항상 마음을 꼭꼭 잠그고 밤에도 낮에도 철통처럼 보안을 지켜왔다. 내 마음은 내가 지켜야 하니까.

부족한 점이 훨씬 많은 나지만,
그 사람이 나 정도만이라도 되면 좋겠다.

최소한 상대방의 마음이 얼마나 귀한지 아니까.
그저 시간이 흘러 익숙해졌다는 이유로 변하지는 않으니까.
매일 싸우더라도 손을 놓아버리지는 않으니까.
꽃이 휘날리는 '하트 뿅뿅' 로맨틱 사랑은 아니어도,
쉽게 포기하거나 거짓된 사랑으로 연기하지 않을 테니까.

누군가 나를 사랑하려고 할 때, 나는 그래도 뒤통수 맞을 걱정 없이 맘 편히 믿고 사랑할 수 있는 대상이 되어줄 수 있을 것 같다.

그런데 문제는 누군가가 나를 사랑할 때가 아니라, 내가 누군가를 사랑할 때다. 그 누군가가 내가 안심하고 사랑해도 되는 대상인지 알 수가 없다.

알고 보니 마음이 얕은 사람이라
작은 비바람에도 쉽게 포기하고 떠나는 사람이라면?

시간이 흘러가면서
마음도 같이 흘러가 버려 변해버린다면?

절절한 사랑 고백을
단순히 한철 지나가는 감정으로 여기는 사람이라면?

불을 지필 줄만 알고
함께 지키는 일은 할 줄 모른다면?

시간이 지나고 보니
원래 진실하지 않은 사람이었다면?

겪어보지 않고는 진짜 모습을 모르는 건 당연한 건데, 그걸 모르기 때문에 마음을 열지 못한다. 잘못 사랑하고 믿었다가 남겨질 상처를 감당할 깡다구가 없기 때문이다. 그 사람의 진짜 모습도 모르는데 나를 다 바쳐 사랑할 수는 없다며 매번 마음 보안만더 철저히 한다.

이런 내가 죽기 전에
정말 누군가를 마음 다해 사랑해 볼 수 있을까.

그래서 사랑은 용기가 필요하다고 하는 걸까? 💡

미래가 오는 게 두렵다 ____

미래의 존재가 너무 무섭다.

원래 현재를 살고 나면 미래가 오고 그렇게 시간이 흘러가는 게 당연한 순리인데, 그 당연한 게 무서워서 바들바들 덜덜덜 떨린다. 미래가 나를 잡아먹으러 막 쫓아오는 것 같고 앞날에 대해 생각해야 한다는 게 너무 짐스럽다.

성큼성큼 다가오는 미래는 자비라고는 하나도 없고 속도는 또 얼마나 빠른지. 무심하게 정면으로 달려오는데 나에게는 미래를 대비할 울타리가 없다. 내가 걸어오고 있는 이 길은 너무 불투명하다. 이러다가 정말 재수 없게 가혹한 운명이라도 만난다면, 〈레 미제라블〉에 나오는 미모의 팡틴이 처참한 현실에 나락으로 떨어졌듯, 나도 저 바닥으로 곤두박질치는 게 아닐지 두렵다. 아무리 착하고 정직하게 살아도 현실이 좀처럼 봐주지는 않으니까 말이다.

일주일에 사흘은 눈물로 베개를 잠수시켰다. 눈물을 또르르 흘린 게 아니라 닭똥처럼 뚝뚝 떨궜다. 그래서 알게 되었다. 무서울 때 떨구는 눈물방울은 느낌도 둔탁하구나. 아니, '무서웠다'는 표현도 부족한 것 같다. 미래가 '공포스러웠다'고 하는 게 더 맞겠다.

나는 왜 이렇게 미래를 무서워하는 걸까.
천장을 바라보고 누워 곰곰이 생각해 봤다.

미래는 계획을 세운다고 계획대로 되는 것도 아니고 보험을 들어놓을 수 있는 것도 아니라 뭘 해도 불안함을 사라지게 할 수 없었다. 노력으로 지킬 수 있는 것이 아니었다. 그게 미래가 두려운 첫 번째 이유였다.

두 번째는 잘해 나갈 자신이 없다는 거다. 남들처럼 치열하게 살 자신이 하나도 없었다. 그렇다고 처참한 삶을 살긴 싫은데 지금처럼 살면 그렇게 될 수밖에 없으니까 무서웠다. 나한테 땀나게 열심히 사는 능력은 애초에 없는 것 같았다.

세 번째는 다급하기 때문이었다. 지금, 이 순간에도 시간은 끊임없이 흘러가고 미래는 계속 다가오고 있다. 이 모든 시간이 다급하다. 아무도 날 재촉하지 않아도 시간만은 나를 재촉하고 있었다. 잠깐 마음을 놓고 쉬고 돌아오고 싶지만, 그때조차도 시간은 흘러 사라지고 있었다. 숨 쉬는 매초 닦달을 당하는 기분이었다.

미래를 마주하려면 이 모든 걸 인정하고
그래도 앞으로 나아가야 한다.

하지만 그건 나에게는 너무나도 버거운 일이었다. 용감하게 미래를 마주할 배짱이 없다면 차라리 무책임해도 눈을 질끈 감고 오늘만 사는 사람처럼 막살면 되는데, 나는 둘 다 하지 못했다. 이도 저도 아닌 최악의 중간 지점에서 계속 머물렀다. 밤마다 애꿎은 베개만 적시며 다크서클의 면적만 넓혀갔다. 방문을 닫고 방구석에서 울기만 했다.

그러다 드디어 눈물 젖은 베개를
들고 일어나서 방문을 열고 나갔다.

베개를 빨려고 일어났다.
눈물범벅 베개를 베고 자니 얼굴에 자꾸 뭐가 난다.

미래는 못 지켜도 내 피부는 지켜야지. 🔍

매번 꾸벅꾸벅 졸던 경제 수업에서
눈이 번쩍 뜨인 적이 있었다.
'기회비용'이란 개념을 처음 배운 날이었다.

하나를 선택하기 위해 다른 하나를 포기했을 때, 그 포기한 것의 최대 값어치가 기회비용이다. 예를 들면, 심부름을 하면 2만 원을 준다고 했는데 심부름을 안 가고 친구와 놀러 나가는 걸 선택했을 때 기회비용이 2만 원이 되는 것이다. 한마디로 다른 걸 선택했을 때 아쉽고 아까운 비용이다.

이 개념을 처음 배우면서 정말 재미있었다. 어려운 선택의 문제에서 숫자로 딱 떨어지게 계산해 합리적으로 결정을 할 수 있게 해준다는 게 좋았다. 기회비용만 정확하게 도출하면 선택을 후회할 일은 없을 테니까.

내 인생의 기회비용도 계산해 봐야겠다.

내가 이 인생을 살고 있기 때문에 아까운 기회비용은 무엇일까. 즉, 인생을 살지 않고 삶을 포기했을 때 내가 얻는 최대의 값어치는 얼마일까. 경제 선생님은 우리에게 기회비용이 내가 선택한 것보다 더 크다면 그건 비효율적이며 현명하지 못한 선택이라고 하셨다. 그렇다면 삶을 선택했을 때보다 포기했을 때 얻는 값어치가 더 크다면 산다는 것은 바보 같은 짓이 된다.

기회비용을 찾기 위해서
내가 살지 않아도 되었다면
얻을 수 있는 게 무엇인지 쭉 늘어놓아 봤다.

원하지 않을 때, 억지로 하루하루를 견뎌내지 않아도 되는 것.

고단함이 사라지고 자유로워지겠지. 아픔으로부터의 완전한 해방. 몸이든 마음이든 다칠 일이 없을 테니까 고통이 뭔지 모르겠지. 하지만 내가 가장 크게 값을 쳐주고 싶은 건 따로 있었다.

모든 책임과 의무가
완전히 사라지는 것.

크고 작은 의무가 모두 사라진다면, 그러면 정말 편하겠지. 드디어 숨통이 트이겠지. 그래. 그냥 직설적으로 말하면 공부도 안 하고 돈도 안 벌고 눈치도 안 보고 억지로 해야 하는 것도 없고 아무도 신경 안 쓰는 거. 아무것도 안 해도 되니까 편하고 좋은 거, 그게 삶을 선택을 했을 때 내가 아쉬워해야 하는 가장 큰 기회비용이다.

이렇게 그럭저럭 기회비용을 따져보긴 했는데
여전히 모르겠다.

계산을 해봐도 삶이 있는 쪽의 값어치가 더 큰 건지, 삶이 없는 쪽이 더 큰 건지 딱 떨어지지 않는다. 어떤 게 더 효율적인지 결론을 내릴 수가 없다. 심지어 지금 인생을 아직 끝까지 다 살아보지 않았는데 어떻게 정확한 기회비용을 구할 수 있을까.

이거 설마 일부러 답 못 찾게 문제를 만들어서
평생 답 찾다가 얼떨결에
인생 끝까지 살게 만들어놓은 거 아냐?

그런 수작에 넘어갈 순 없다.

아, 넘어갈 수밖에 없다. 💡

시험 기간이라 공부를 하려고 책상에 앉았는데 갑자기 청소 욕구가 솟구쳤다. 평소엔 절대 안 하는 방 청소를 시작했다.

어질러진 물건들도 정리하고 쓸고 닦기까지 마쳤는데 이젠 가지런하지 못하게 책장에 꽂혀 있는 노트들이 눈에 거슬렸다. 노트를 하나씩 다 꺼내서 높이 순서로 배열했다. 그러다가 거기 있는 노트 몇 권을 열어보았다.

그중 하나는 몇 년 전 내 일기장이었다.

나는 나쁜 기억을 그렇게 오래 붙잡고 있는 스타일이 아니다. 신기하게도 내가 노력하지 않아도 뇌가 알아서 나쁜 기억은 처음부터 없었던 것처럼 지워버리고 간직하고 싶은 좋은 기억만 남긴다. 성격이 밝다는 소리를 많이 듣는 것도 나쁜 일들이 트라우마로 남겨지기 전에 다 까먹어서 그럴지도 모른다.

그래서 나에게 일기를 적는다는 건, 잊어버리고 맘 편하게 살 수 있었던 것을 미래의 내가 기억하게 하는 특별한 장치 같다.

그렇게 일기장에 일상의 사소하지만 소중한 순간을 기록해서 그 시간이 그냥 흘러가 버리지 않게 붙들어 두었고, 차라리 잊는 게 나았을지도 모르는 슬픈 순간들도 중요하다고 생각이 들면 꼭 기록했다.

오랜만에 읽는 일기장에는 까마득하게 잊고 있었던 일들이 적혀 있었다. 가족들이랑 여행을 갔다가 산에서 야생 꿩을 만나 도망갔던 일, 친구들과 다 같이 태어나서 처음으로 코코넛을 먹어봤는데 너무 맛없어서 웃었던 일. 다시 읽으면서 그 소소한 행복들에 대한 기억이 되살아났다. 한 장 한 장 넘기면서 피식피식 웃음이 났고, 그날의 나로 돌아가 한번 더 행복해졌다.

그런데, 행복했던 추억뿐만 아니라
화나고 슬프고 아팠던 순간도 되살아났다.

울면서 썼던 일기를 읽으니 울고 있었던 그때의 나로 돌아갔다. 분노를 눌러 담은 일기를 읽으니 배신당했던 그날로 돌아갔다. 한 줄씩 넘어갈 때마다 당시의 좌절감, 분노, 슬픔 모두 점점 생생해졌다. 그날의 나로 돌아가 다시 한번 더 겪었다.

당연히 두 번 겪고 싶은 감정이 아니었다. 내가 적어놓지만 않았어도 영원히 기억하지 못했을 텐데. 괜히 적어놔서 두 번 힘들게 되었다. 잊으면 안 되는 순간이라도 차라리 그냥 잊어버리고 다시는 마주하고 싶지 않았다.

더는 일기장에 힘들었던 일을 쓰지 않겠다고 마음먹었다.

이날 이후 내 일기장에는 오로지 행복하고 웃겼던 일들만 기록돼 있다. 과거를 돌아볼 때는 행복하기만 했으면 좋겠다. 좋은 것만 기억하고 아팠던 건 잊었으면 좋겠다. 적어도 뒤를 돌아봤을 때 내 삶이 나쁘지 않았다고 느끼고 싶다.

나 자신을 속여서라도,

"눈 가리고 아웅" 하는 일이더라도, 그렇게 하고 싶다. 🔔

뒤를 돌아봤을 때

내 삶이 나쁘지 않았다고

느끼고 싶다.

2장

뭐야 인생 생각보다 기네

'왜'가 문제였다.

도대체 왜 나에게 이런 일이.

출구도 없는 막막하고 힘든 일이, 마른하늘에 날벼락 같은 일이, 불공평하게 내 인생에만 떨어지는 장애물이 원망스러웠다. 이것만 아니면 계속 잘해 나갈 수 있었는데. 갑자기 이런 일이 방해만 하지 않았더라면 내 인생 잘 풀렸을 텐데.

장애물 하나 없고 파도 한번 없는 인생이 평범한 거라고 여겼다.

그래서 인생에 파도가
한 번 출렁거리면 이렇게 외쳤다.
내 인생은 왜 이래!!!

커다란 돌부리 하나가 툭 튀어나와서
나를 떡 가로막으면 또 외쳤다.
내 인생에는 왜 하필 이게 여기 있어!!!

비가 추적추적 내리면 역시나 외쳤다.
불공평하게 내 인생에는
이런 중요한 순간에 꼭 비가 내려!!!

덕분에 매번 어려움이 닥칠 때마다 나에게는 포기할 이유가
충분했다. 나쁜 상황에 포기하는 건 당연한 거니까. 감당할 수 없
는 상황 때문에 나는 어쩔 수 없이 포기했다. 어쩔 수 없이.

그런데,

인생은 원래 울퉁불퉁 굴곡이 있는 길이었다.

평범한 일상, 선물 같은 순간,
그리고 감당할 수 없는 장애물까지
다 포함되어서 오는 3종 세트 같은 거였다.

오로지 꽃길만 있는 평평한 인생이란 애초에 이 세상 어디에
도 그 누구에게도 존재하지 않았다. 아무리 돈 많은 재벌이더라
도, 싱글벙글 너무 행복해 보이는 가족이더라도, 최고의 인기를
누리는 톱 배우이더라도, 모두가 오르막도 있고 내리막도 있는
삶을 산다. 그 내용은 각자 다르더라도 삶이란 것 자체가 원래
좋은 일도 있고 나쁜 일도 같이 있는 것이었다. 억울해할 필요
없이 우리는 한 명도 예외 없이 모두 울퉁불퉁한 길을 걷고 있
었다.

산에 오르막길이 있는 게 당연하고,
바다에 있는 물은 짠 게 당연하듯,
삶에는 나쁜 일이 있는 게 당연했다.

원래 오르락내리락하게 만들어진 게 인생인데, '넌 왜 그렇게 생겨먹었냐'고 매번 욕했으니 인생님도 쪼끔 억울했겠다. 원래 그런 걸 어쩌라고! 어쩌면 삶이 나에게 불공평한 대우를 해준 게 아니라 삶을 대하는 나의 태도가 불공평했을지도 모르겠다.

드디어 받아들이기로 했다.

인생은 본래 울퉁불퉁한 거라고. 꼭 드라마랑 비슷한 것 같다. 세상에 있는 드라마를 다 통틀어도 드라마 시작부터 끝까지 매 화마다 감정선이 일정하고 똑같은 경우는 없다. 유난히 행복한 장면이 많은 에피소드가 있고, 오해로 시작해서 갈등으로만 끝나 시청자들을 답답하게 하는 에피소드가 있다. 이 모든 에피소드가 모두 다 합쳐져 드라마 한 편이 된다.

이제 나에게 힘든 일이 찾아오면 지금 내 인생 드라마에서 몇 번째 에피소드쯤 왔나 생각해 본다. 아, 내가 지금 한창 슬픈 장면이 많이 들어가는 10화를 거치고 있나 보다. 버티고 지나가고 나면 언젠가 또 행복한 다음 화가 시작되겠지. 이 길을 걷다 보면 또 평평한 길도 나오겠지. 그랬더니 신기하게 조금 여유가 생졌다. 힘든 일이 생겨도 여기가 끝이라고 생각하지 않게 되었다.

　　원래 생겨먹은 거 가지고 욕하면 안 되는 것처럼
　　원래 이런 인생을 너무 비난하지 말자.

　　인생 이 나 쁜 ㅅ ㅐ ㄲ-. 🔓

길어서 다행이야____

다들 오래오래 살고 싶다는데
나는 인생이 너무 길어서 싫었다.

아직도 이렇게 어리다니. 100세 시대라니까 앞으로 지금까지
산 것보다 몇 배는 더 살아야 할 텐데. 하루씩 살아서 언제 그걸
다 살지. 벌써부터 아득하기만 하고 버거웠다. '빨리감기'라도 할
수 있다면 당장 최대속도로 감아서 하루라도 빨리 뜨뜻한 무덤
속으로 들어가 편히 쉬고 싶었다.

그런데 어차피 빨리감기를 할 슈퍼파워 같은 건 나한테 없다. 그렇다고 계속해서 날마다 이렇게 버거워하며 살자니 사는 게 싫었다. 안 되겠다. 이렇게 사느니 일단 맘대로라도 살아보자. 하고 싶은 거라도 무작정 해보면서 모험가처럼 살기로 맘먹었다.

그러면 적어도 남은 날들이 부담스러워서 버리진 않겠지. 잘 살아야 한다는 집착도 버리고, 사람들의 기대치에 맞춰야 한다는 의무감도 버려버렸다. 다른 사람들이 살라는 대로 더 이상 안 살기로 했다. 시원하게 전부 버렸다. 그래야 모험을 할 수 있을 것 같았다.

그러고 나니까,
인생이 길어서 참 다행이란 생각이 들었다.

안전한 길이 아닌 모험을 선택하게 되면 분명 더 많은 실패를 겪을 수밖에 없다. 만약 인생이 짧았다면 한 번만 실패해도 이미 인생이 끝나버렸겠지. 하지만 다행히도 인생은 너무 길다. 아주 길다.

포기만 하지 않는다면 실패를 수백 수천 번 해도 아직 시간이 남아 있다. 시간은 내가 아무리 싫다고 해도 여전히 나를 기다리고 있다.

18살에 실패하면 19살이 남아 있다. 20대에 실패하면 30대가 남아 있다. 30대에 실패하면 40대, 50대, 60대, 70대가 줄줄이 지겹도록 남아 있다. 아무리 실패해도 100살까지 또 도전할 수 있다.

내게 남아 있는 재도전의 시간을 계산해 보니 아주 넉넉해서 뭐든 다 해봐도 되겠다는 결론이 났다. 내가 좋아하는 것, 내가 하고 싶은 것을 다 해보면서 살아도 된다. 그러다 망한들 두려워할 이유가 없다. 또다시 도전하면 되니까.

거대한 인맥도,
엄청난 재력도 없지만
시간만큼은 있으니까.

아 근데 100살까지 못 살고

중간에 죽으면 어떡하지?

그걸 생각 못 했네.

뭐 어쩔 수 없지! 더 잘됐. 응? 👻

희망을 보기로 했다 ____

희망이 '보인다'고 한다.

있으면 보이고 없으면 안 보이는 것처럼.

안 보이면 어쩔 수 없이 포기해야 하는 것처럼.

잠들기 전 새벽에 가만히 누워서 생각하는데,

왜 항상 희망이 떠오르기만을 기다리고 있었을까.

희망은 정말 내가 만들 수 있는 게 아니라 오는 걸까.

절망 속에서 할 수 있는 건 희망이 보일 때까지

그저 기다리는 일뿐인지 의구심이 들었다.

아닌 것 같다.

표현을 바꿔야 한다.

'희망이 보인다'가 아니라

'희망을 보기로 했다'로.

안 그래도 선택권 없이 누가 시켜서 하는 걸 진짜 싫어한다.

근데 삶에 있어서 때로는 계속 살아야 할까 말까 생사를 결정하

는 희망을 내가 선택할 수 없다니. 그건 용납할 수가 없다.

험악한 사막 한가운데 떨어져도

그곳에 구름 한 점 없고 퍽퍽한 모래 먼지만 날려도

언젠가 물을 마시게 될 거라고 희망을 품는 건 내 의지다.

하늘에서 150년 만에 폭우가 쏟아져서 물을 마시게 될 거라

고 믿든, 쩍쩍 갈라진 땅에서 뜬금없이 샘물이 솟구칠 거라고 믿

든, 내가 그렇게 희망을 가지기로 했다면 모두 다 희망이다. 그게

말이 되는지 안 되는지는 상관이 없다. 어떤 상황에서 무슨 희망

을 갖든, 그건 내가 가지기로 맘먹고 스스로 만들어내는 것이기

때문이다.

　상황을 객관적으로 보고 판단해야 한다는 조언도 많이 들었다. 그래야 진정한 의미에서의 희망이라고. 하지만 난 모르겠다. 그냥 안 들을 테다. 내가 나로 태어나서 평생 나로만 살다가 나로 죽을 텐데 어떻게 객관적으로 보라는 건지. 태어나서 자기 자신이 아닌 사람으로 살아본 사람은 단 한 명도 없을 텐데. 객관적으로 본다는 것이야말로 애초에 말이 안 되는 거 아닌가.

　누구보다 주관적으로 살면서 지극히 주관적인 희망을 가지고 살 거다. 처절한 상황이 오더라도 말도 안 되는 희망을 내 의지로 만들어 살아낼 거다.

　답답할 정도로 눈치 없고
　깜짝 놀랄 정도로 멍청하게
　낙관적인 희망을 아주아주 크게 그릴 거다. 💡

아보카도 샌드위치가 너무 맛있어서
삼시 세끼 맨날 해 먹었다.

아보카도를 먹고 나면 매번 커다란 아보카도 씨가 남았는데
씨의 크기가 열매의 절반을 차지할 정도로 엄청 컸다. 한두 번도
아니고 매일 나오는 아보카도 씨를 그냥 쓰레기통에 버리려니
아까웠다. 그렇다고 씹어 먹을 수도 없고.

이 씨로 먹는 것 말고

다른 걸 뭘 할 수 있을까 하다가
아예 한번 심어서 키워보기로 했다.

대부분의 씨처럼 아보카도 씨도 그냥 땅에 대충 심고 물만 잘 주면 되겠지 했는데 이 친구는 달랐다. 인터넷에 검색해 보니 이쑤시개 3개가 필요하다고 했다.

이쑤시개들을 아보카도 씨에 가로로 꽂았다. 진짜 이걸 쑤셔 넣어도 아보카도 씨가 죽지 않고 싹이 날 수 있는 건지 의심됐지만 일단 하라는 대로 해봤다. 아보카도 씨의 중간쯤 꽂아 넣은 이쑤시개들을 받침대 삼아 컵 위에 올렸다. 컵에는 물을 부어 씨가 반쯤 잠기게 했다. 이때 씨의 뾰족한 부분은 꼭 위쪽을 향해야 한다. 위아래가 뒤바뀌면 싹이 나지 못한다고 했다.

그날부터 매일 집에 도착하자마자 주방으로 달려가 아보카도 씨가 담긴 컵을 제일 먼저 확인했다. 애지중지하며 물도 계속 갈아주면서 싹이 보이기를 기다렸다. '보카도'라고 애칭도 붙이고 집으로 놀러 온 모든 친구에게 소개시켜 주었다. 싹이 보통 2주에서 4주 안에 난다고 했기 때문에 2주 차부터는 주방에 거의 수

내가 같이 뛰어내려 줄게

시로 들락날락하며 싹이 났는지 확인했다.

하지만 보카도의 싹은 깜깜무소식이었다.

2주가 지나고 3주가 지났다. 그리고 한 달을 꽉 채웠지만 동그란 아보카도 씨에는 아무 기미도 보이지 않았다. 조금 늦게 날 수도 있으니 더 기다려보았다. 원래 성격도 급하고 인내심 따위는 없는 내가 그 뒤로도 2주나 더 기다렸다. 하지만 아보카도 씨에는 여전히 아무것도 나지 않았다.

두 달을 채웠다. 그동안 여전히 매일같이 보카도를 확인하고 물도 갈아주었다. 어렸을 때 키웠던 강낭콩에게 밤마다 예쁜 말을 해줬더니 키가 천장에 닿도록 컸던 게 기억나서 보카도에게도 볼 때마다 '보카도야 너 쑥쑥 잘 클 거야! 언니가 이뻐해 줄게'라고 매일 말해줬다. 친구들은 그런 내 모습을 보고 이제 그만 버리라고 말했다. 이미 죽은 거라고 했다. 그럴 때마다 나는 이렇게 대답했다.

"아냐. 분명히 싹이 날 거야!"

도대체 무슨 이유에서인지 모르겠지만

꼭 싹을 틔울 거라고 믿었다.

그냥 계속 계속 믿었다. 🎃

기록 경신이다!

많이 피곤했는지 입병이 무려 세 군데에나 났다.

하얀 구멍이 입 안 오른쪽에 하나, 왼쪽에 두 개 생겨서 너무 쓰렸다. 아예 입 안 양쪽에 다 자리 잡고 있다 보니 밥도 제대로 먹지 못했다. 밥을 도대체 어느 쪽으로 씹어야 안 아플 수 있는 지 도저히 방법을 찾을 수가 없었다. 아주 작게 썰어서 살살 씹어보기도 하고 죽을 먹어보기도 했는데 언제나 극한의 쓰라림이 입 안 가득 퍼져서 제대로 먹을 수 없었다.

밥은 고사하고 침만 삼키려고 해도 아파서 눈물이 찔끔 나올 것 같았다. 아니다. 그냥 가만히 아무것도 안 하고 아무것도 안 먹고 있는데도 감전된 것처럼 쓰라렸다. 아주아주 많이 많이 많이 많이 쓰렸다.

사람들 대부분이 입병 난 건 대수롭지 않게 여기는데, 사실 고통의 정도로 따지면 입병도 만만치 않다. 아직도 주사 맞는 게 아프고 무서워서 병원에 가기 싫다고 떼를 빡빡 쓰는데, 입병은 주사보다 한 천 배는 더 아픈 것 같다. 손바닥 맞는 것보다도 훨씬 더 아프고, 뜨거운 거에 데었을 때만큼 고통스럽다. 다른 건 잠깐 찰나의 순간이기라도 하지. 입병은 24시간 중 깨어 있는 모든 시간 동안 통증을 계속 느껴야 한다. 밥도 제대로 못 먹고 침도 잘 못 삼키고 말할 때마다 쓰라린데 어떻게 이게 대수롭지 않을 수 있을까.

그런데도 우리는 입병이 나고
아무렇지 않은 듯 일상생활을 한다.

약속을 취소하지도 않고 학교나 직장을 빠지지도 않는다. 아프다며 입을 부여잡고 울면서 장황하게 하소연하지도 않고 히스테리를 부리지도 않는다. 작은 구멍 몇 개일 뿐이라고 가벼운 듯 취급한다.

나처럼 엄살이 심한 사람도 나을 때까지 무심하게 지나간다. 입병을 달고 친구랑 놀러 가서 쌀국수도 먹고 새우튀김도 먹었다. 좀 나아져서 먹은 것도 아니고, 노느라 재밌어서 아픈 걸 까먹은 것도 아니다. 엄청 쓰렸는데 그냥 참고 먹었다. 떡볶이는 너무 고통스러워서 결국 못 먹었지만 그래도 그것만 빼면 할 건 다 했다.

내 인생의 힘든 일들도 그냥 이런 입병처럼 취급하며 살면 어떨까 싶은 생각이 들었다. 인생에 좀 심각한 일이 있어도 그 일에 너무 잠기지 않고 '쓰리구나', '아프구나' 하며 평범하게 지나가는 것이다. 힘들고 아픈 건 어쩔 수 없지만 대수롭지 않은 척 넘어가는 것이다. 심각해서 뭐 하나. 어차피 달라지는 건 없는데.

언제 나을지도 모르지만
그냥 놔두는 고통스러운 입병처럼

내가 겪는 아픔도 언젠가 사라지겠지.

막연히 생각하며 태연하게 지내면,

나도 모르는 사이에 지나가지 않을까. 💡

내 영혼의 나이는____

　　가끔 어떤 어른들을 보면
　　어쩜 저렇게 나이를 먹고도 생떼만 부릴까 싶다.

　　말을 할 줄만 알고 들을 줄은 모른다. 유치하기 짝이 없게 자
기보다 어린 사람들과 기 싸움만 한다. 애들이 힘든 세상에서 산
다면 그 이유는 앞서간 어른들이 세상을 잘못 만들어서 그런 거
라던데 아마 여기서 말하는 어른은 분명히 자기밖에 모르는 저
어른들일 것이다.

그런데 어느새 내가 피해자 타령만 할 수 있는 애들이 아니라 세상을 만들어가야 하는 어른이 되어 있었다. 더 이상 누구의 탓만 하며 미룰 수가 없게 되었고 이제 또 응애 하며 지금도 태어나고 있는 새로운 세대를 위해 올바른 결정을 내려야 하는 책임이 생겼다. 아직 아무 생각도 없고, 하루하루 내 용돈만 벌고 있는데 그런 거대한 책임을 어떻게 져야 하는지 모르겠다.

내가 존경하는 어른들을 보니 항상 배우고 계신다. 세상에서 제일 똑똑해 보이는데도 항상 마음을 열고 듣고 배운다. 아직 어린 나한테도 배우고 나보다 더 어린 꼬마들한테도 배운다. 저명한 학자의 말도 듣지만 동네 아주머님들의 말씀은 더 소중하게 듣는다.

이런저런 어른들을 만나보니 나이를 먹는다고 꼭 현명해지는 건 아님을 느낀다. 학교 다닐 때도 학년이 올라간다고 해서 머리에 든 게 저절로 늘지 않더니 인생 역시 똑같은가 보다. 인생 역시 끊임없이 공부하지 않으면 겉모습만 어른인 것이다. 아무리 나이를 먹어도 성숙함은 저절로 단 한 조각도 쌓이지 않는다.

그런 철부지 어른은 사실 애라고 봐야겠지. 사랑을 배우고 지혜를 누적해 왔어야 하는데 오로지 주름만 누적한 애. 불쌍하게도 험난한 세상에서 살아남느라 순수함은 사라진 애. 애기가 할 줄 아는 것도 없고 귀찮은 존재인데도 귀여운 이유는 순수해서 인데, 순수함이 없는 나이 많은 애기라니 하나도 안 귀엽고 별로 되고 싶지 않다.

나이에 쓰여 있는 숫자가 하나씩 올라갈 때 내면 영혼의 나이도 하나씩 올라가려면 사는 동안 끊임없이 인생을 공부해야 하나 보다. 사람다운 사람이 무엇인지 계속 고민하고 스스로 돌아보고 반성하는 공부 말이다.

근데 학교 공부도 시험이 없었다면 안 했을 내가,
중간고사도 기말고사도 없는
이런 인생 공부를 스스로 할지 모르겠다.

나 벼락치기 진짜 잘하는데
이것도 벼락치기로 안 되려나. 💡

가장 소중한 친구와도 연락을 거의 끊었었다.

결국 인생은 누구도 대신 살아줄 수 없고 혼자 살다 혼자 가야 한다는 걸 깨닫고 나자 아무도 만나기가 싫었다. 의미 없는 짓 같았다. 지금 아무리 사이가 가깝다고 해도 상황에 따라 사람은 변하기 마련인데 그런 한낱 부질없는 존재에게 뭘 의지하고 바라나.

누구한테 의지하지도 말고,

쓸데없이 마음에 있는 걸 나눠서 약점 잡히지도 말고,
무엇이든 혼자 헤쳐 나가자. 그게 가장 현명한 거야.

그런데 어느 염치없는 밤,
친구에게 거의 1년 만에 전화를 걸었다.

안부도 대충 물어보고 울었던 것 같다. 갑작스러운 전화였는
데도 친구는 내 눈물이 다 멈추고 사실 별것도 아니었던 반복되
는 얘기를 밤새 끝까지 들어주었다. 마음을 추스를 때까지 계속
함께 있어주었다.

겨우 잠들고 눈을 뜬 다음 날,
전화가 한 통 왔다. 어제 그 친구였다.

다짜고짜 자기가 직접 페인팅했다며 새로 칠한 서랍장을 자
랑했다. 완성된 사진을 한 장 같이 보내줬는데 진짜 소질이 아예
없는 것 같다. 차라리 페인트칠하기 전이 훨씬 더 나아 보였다.
비웃느라 울음을 잠깐 멈추고 '풉' 하고 웃었다.

친구는 그다음 날도 전화를 해왔다. 새로 데려온 아기 고양이 가 소파를 잔뜩 긁어놔 밉다며 나보고 와서 데려가란다. 핸드폰 너머로 귀엽게 야옹거리는 아기 고양이 소리가 들리는데 저절로 미소 지어졌다.

그 뒤로도 친구는 일주일 내내 매일 전화를 걸어왔다. 시시콜 콜 얘기를 듣다 보니 힘들어서 울다가도 한 번씩 웃게 되었다. 평생, 이 이유 없는 늪에서 허우적거릴 것만 같았는데 다 지나간 다는 친구의 말을 믿어보며 견디다 보니 정말 어느새 지나갔다. 혼자 견뎌낸 게 아니었다. 친구가 같이 있었다.

인생은 혼자 살다 혼자 가는 거라며 다가오는 사람들을 모두 밀쳐냈는데 어쩌면 인생은 혼자가 아닐지도 모르겠다. 모든 일 은 내가 직접 겪을 수밖에 없고 누구도 대신 아파해줄 수 없다. 하지만 그 시간 동안 누군가 내 손을 잡아줄 수는 있다. 죽음의 순간조차도 그 자리에 함께 있어줄 수는 있다.

손가락으로 몇 번 두들겨 전화 한 통을 했을 뿐인데, 버텨내는 내 모든 시간을 친구가 함께해 주었다.

인생은 어차피 혼자라는 건 원래 그런 게 아니라 우리가 만들어낸 허상 아니었을까. 날씨가 너무 좋은 날, 밥 한 끼 같이 먹을 사람 없다고 슬퍼했는데 알고 보니 내가 아무도 불러내지 않았던 것이었다. 서로의 연락을 기다리며 각자 외로움을 견디다 보니 혼자 살다 가는 인생이 되어버린 것이다.

우리는 먼저 손 내밀기가 두려워서
스스로를 너무 외롭게 만들고 있었는지도 모른다. 🎐

태어난 지 얼마 안 된
아장아장 걷는 아기를 만났다.

아기가 참 부러웠다. 아니지. 아기님이 참 부러웠다. 친한 선생님의 아들이었는데 이제 막 앞니 두 개가 나와 있었다. 아기님의 하루 일과는 정말 행복해 보였다.

엄마가 주는 쌀과자를 냠냠 먹는다. 그러다 운다.
엄마가 똥 싼 기저귀를 갈아준다.

상쾌하게 흔들의자에서 신나게 논다. 또 운다.

엄마가 쌀과자 간식을 준다.

울음을 그치고 앙증맞게 냠냠 먹는다.

등 대고 가만히 누워 있으니 엄마가 옷을 갈아입혀 준다.

그 옷을 입고 그대로 잔다.

자고 일어나니까 엄마가 밥을 떠먹여 준다.

다 먹고 배부르게 여기저기 휘저으며 논다.

아기님은 손 하나 까딱 안 하고

정말이지 황제처럼 하루를 즐기고 계셨다.

아기가 어찌나 부럽던지.

선생님께 이렇게 말했다.

"가만히 있어도 누가 다 해주는데

얼마나 편안한 인생일까요?"

나도 저렇게 편안하게 살고 싶다. 사는 게 가장 편안했던 아기
시절은 왜 기억도 잘 안 나는 걸까. 하지만 내 생각과는 다르게
선생님은 전혀 그렇지 않다고 말씀하셨다.

"너 아기들이 앞니 두 개 내려고
얼마나 애쓰는지 모르는구나?"

선생님이 아기의 앙증맞은 앞니 두 개를 보여주셨다. 일단 보여주니까 보긴 했는데 사실 그걸 왜 보여주는 건지 이해가 안 갔다. 앞니는 아기가 직접 끙끙 힘주고 밀어낸 것도 아니고 가만히 있으면 때맞춰 솟아오르는데.

그런데 알고 보니 이가 처음 날 때, 열이 펄펄 나면서 아픈 아기들이 꽤 많다고 하셨다. 선생님 아들도 이번에 이 두 개 쪼끔 나온다고 이틀 내내 열이 나면서 많이 아파했다고 했다. 밤새 울다 지쳐 잤다고. 가만히 있으면 쑥쑥 크는 줄 알았는데 이 쪼끄마한 아기들도 벌써 인생의 쓴맛을 겪으면서 크고 있었다.

아기 시절이 편했다고 생각한 건 내 기억이 매우 심하게 미화된 것이었다. 마치 전 남친에게 돌아가고 싶어 하는 답답한 친구처럼 아기 시절로 돌아가고 싶어 한 건가.

내 한쪽 팔만 한 아기들도

오늘을 아등바등 살고 있다.

이제 막 걷기 시작해서 뒤뚱거리다
하루에 수백 번씩 넘어지며 실패를 겪고,
잘 안 쥐어지는 숟가락을
온 힘을 다해 쥐어보겠다고 참 애쓰지만, 또 떨구고,
아무도 못 알아듣는 답답한 상황에서
포기도 없이 대화한답시고 옹알거리고,
세상에 태어나서 처음 보는 것들이 많아
무서울 텐데 또 금세 웃는다.

내가 아기들보다 더 엄살을 심하게 부리고 있었나 싶다. 더도
말고 덜도 말고 딱 아기들만큼만 해도 인생을 끝까지 잘 살아낼
것 같다. 오늘, 포기란 없는 아기님에게 한 수 배워 간다.

옹·애. 💡

모범생이 학교를 빠지는 날 _____

"어제 내가 숙제 내줬니?"

기억이 가물가물한 선생님이 우리에게 물어보셨다.

반에 있는 모든 친구가 담합해서 오늘 숙제가 없었다고 거짓
말을 하면 선생님은 꼭 나를 쳐다보셨다. 선생님은 내가 거짓말
을 못 하는 학생이라는 걸 아셨기 때문이다. 그러면 애들은 또
애절한 눈빛으로 나를 쳐다봤다.

나는 모두가 아는 모범생이었다.

뭐든 외워 오라고 하면 아무리 하찮고 쓸데없는 것이어도 마지막 마침표와 쉼표 위치까지 외워 갔다. 미련하다 싶을 정도로 학교 규칙이면 작은 것까지 다 따랐다. 누구에게 잘 보이기 위해서도 아니었고 학점을 위해서도 아니었다. 룰을 안 지키면 마음이 불편해서 뭐든 지키고 사는 게 내 심신에 이로웠다.

하지만 룰 따위 지키기 싫은 날이 있었다.
그러면 그냥 안 지켰다. 깨버렸다.

아침에 일어났는데 학교를 가기 싫은 날이면 학교에 안 갔다. 엄마 아빠한테 학교에 아프다고 말해달라고 부탁을 하고서 일주일씩 빠졌다. 일주일 내내 침대에 누워 드라마를 보면서 놀았다. 아침에 쪽지 시험으로 단어 평가를 할 때면 선생님이 안 볼 때 친구들에게 몰래몰래 답을 알려줬다. 학교 급식이 맛없어 보이면 아픈 척 조퇴하고 친구랑 밖에 나가 피자를 사 먹기도 했다.

그러면 어떤 사람들은 이렇게 말했다.
"거짓말을 하고 학교를 빠진다고? 넌 나쁜 학생이야!"

그러면 난 말했다.

"그게 왜 나빠? 학교를 빠지는 게 왜 나쁜 학생이야? 나 착한 학생 맞는데?"

나에게 룰은 강박관념처럼 꼭 지켜야 하는 중요한 것이면서 동시에 지키기 싫을 때면 언제든 깨버려도 되는 것이다. 룰이 뭐 그렇게 중요할까. 내가 룰을 잘 지키는 이유는 내가 그러고 싶어서다. 싫은데 억지로 지키는 게 아니다.

어차피 다 사람들이 만든 거고 누군 지키고 누군 안 지키기도 한다. 거기에 묶일 이유가 없다. 그래서 가끔 어기고 맘대로 한다. 아, 근데 평소에 룰을 잘 지켜야 깰 때도 재미가 있다.

룰에 묶여 사는 미련한 사람보다는
적절히 잘 지키기도 하고 깨기도 하면서
그걸 인생을 더 재밌게 만드는 도구로 쓰는,

착한 양아치로 사는 게 내 목표다. 💡

한 번도 재벌인 적이 없었다.
그런데 문득 재벌만 느낄 수 있는 감정이
이런 것인가 하고 눈이 번쩍 뜨였다.

어른들은 언제나 우리에게 "그때가 제일 좋을 때다"라고 귀에
못이 박히도록 말해왔다. 십 대에도 많이 들었지만 이십 대에 들
어서는 더 자주 듣는 것 같다. 어른들은 어른들대로 애들은 애들
대로 나를 부러워했다. 단순히 나이가 '이십'으로 시작한다는 이
유로.

가장 자유롭고, 어리고, 예쁘고, 멋지고, 힘이 넘치고, 실패도 두려워하지 않아도 되는, 모험 많은 인생의 하이라이트. 바로 그 유명한 청춘을 살아가고 있는 나.

인생의 시기를 돈으로 따지자면 우리가 말로만 듣고 머리로만 상상해 보던 재벌의 삶을 살고 있는 게 아닌가. 귀한 줄 모르고 인생의 젊은 날들을 허비한다고 하는데 아이러니하게도 너무 귀한 줄 알아서 청춘을 낭비하고 있다.

단 한 번의 기회밖에 없는데 잘못 썼다가는 너무나 후회할 것 같아서 두려움에 사로잡혀 있다. 결국 도전도 모험도 해보지도 못한 채 세상이 말해주는 '가장 안전하고 현명한 길'을 좇아 금쪽같은 청춘의 하루를 또 흘려보낸다.

많은 청춘이 오늘도 공무원 시험에 붙기 위해 새벽부터 도서관을 향하고, 하루라도 젊을 때 밥그릇을 챙기기 위해 누구의 이야기인지도 모르는 자기소개서를 쓴다. 그래서 백수가 되는 순간 정체성 자체를 잃어버리는 일도 허다하다.

분명 인생의 황금기를 살고 있는 게 맞는데,
내 손에 쥐고 있는 이 금덩이를 보고 있는 게 너무 불안하다.

어느새 같은 계절이 다시 돌아와 눈치 없는 봄바람이 내 머리
칼을 흔드는데 반갑지가 않다. 모두가 이 청춘을 부러워하고 있
는데 정작 나는 왜 누리지 못하는 걸까. 꼭 돈방석에 앉아서 돈
을 잃을까 봐 불안에 떨고 있는 부자가 된 기분이다. 이렇게나마
부자의 마음을 누려보는 거니 감사해야 하는 건가.

언젠가 흘러가 버릴 청춘의 한가운데 서 있는 우리.

어떤 용기를 가지고 어떻게 살아야 후회 없이 찬란한 청춘을
기록하는 미래를 만들고 또 살아가는 현재를 누릴 수 있을까. 이
미 어른이 돼야 했지만 그러지 못한 청춘들.

청춘에 좋다고 들려오는 용한 것들이 있다면 지체 없이 쫓아
갔다. 더욱더 완벽하고 후회 없는 청춘을 만들기 위해 바쁘게 뛰
어다니며 그럴듯한 결과물을 만들어내기도 했다. 하지만 그건
후에 '왜?'라는 질문으로 내게 다시 돌아왔다.

부자면 돈 쓰는 걸 누려야 부자인 의미가 있는 것처럼

나도 청춘이니까 청춘을 좀 누려야 의미가 있지 않을까.

너무 아끼지 말고 과감하게 써봐야겠다.

마음껏 써보자. 청춘. 🔦

내가 같이 뛰어내려 줄게

생애 첫 중고거래에 도전하게 되었다.

3년이나 쓴 내 아이폰을 바꾸려고 이것저것 알아보는데 겨우 몇 년 사이에 핸드폰 가격이 얼마나 올랐는지 깜짝 놀랐다. 이제는 정말 선뜻 살 수 없는 가격이었다. 아니, 그냥 가격이 미쳤다고 생각했다.

그런데 길거리에 나가면 대부분이 반짝반짝 최신 핸드폰을 들고 다닌다. 심지어 하나도 안 소중하게 막 다루며 들고 다닌다.

저 비싼 걸 대부분의 사람이 가지고 있다니. 나만 빼고 다 부자라는 생각을 안 할 수가 없었다. 하지만 필요한데 안 살 수는 없으니까 눈물을 머금고 카드를 꺼냈다.

그때, 눈에 딱 들어왔다.
내가 원하는 제품을 거의 반값에 파는
온라인 중고거래 판매자의 글.

미개봉 새 제품인데 급하게 팔아야 해서 저렴하게 내놓았다는 것이다. 아무래도 이건 하늘이 나에게 준 선물이자 기회인 것 같다. 지금까지 중고거래는 한 번도 해본 적이 없었는데 저렴한 가격에 불쑥 용기가 생겨나서 곧장 판매자에게 연락했다.

"아직 제품 있는 건가요?"

판매자에게서는 아주 금방 답장이 왔다. 심지어 대화 몇 마디에 안 그래도 저렴한 가격에 1만 원이나 더 깎아주셨다. 아무래도 내가 중고거래에 재능이 있나 보다. 아주 뿌듯하게 판매자가 보내준 결제 링크로 들어가 로그인을 하려고 아이디를 입력했다. 신나게 비밀번호까지 치고 있었는데 아이코! 비밀번호 끝자리를 실수로 다른 걸 눌렀다.

그런데 로그인이 되었다?

이상해서 자세히 보니 화면은 원래 로그인 화면이랑 완전 똑같이 생겼는데 주소 링크가 엄청 수상해 보였다. 일반 로그인 주소랑 비교해 보니까 완전히 달랐다. 설마해서 아이디와 비밀번호를 아무거나 막 쳐봤는데 뭘 해도 다 로그인이 되었다. 그렇다. 사기였다.

생애 첫 중고거래에서 생애 첫 사기를 당할 뻔하다니. 소문으로만 듣던 사기를 내가 당할 뻔했다는 게 너무 어이가 없어서 막 웃었다.

그러다 정신이 번쩍 들었다.
잠깐만 나 진짜 큰돈 날릴 뻔했잖아.

그래 맞아. 세상에 공짜는 없지. 역시 이렇게 싸게 파는 건 비정상적인 거였다. 아무리 중고거래로 물건을 열 번이나 싸게 사도 딱 한 번 당해서 돈 날리면 그동안 중고거래로 아낀 돈보다 훨씬 더 많이 잃게 된다. 중고거래로 조금 저렴하게 사려다 사기 당하는 것보단 그냥 정품 매장에 가서 제값 다 주고 호구 고객이 되는 게 오히려 훨씬 더 싸게 사는 방법이 될 수 있다.

인생도 이 중고거래랑 비슷한 것 같다.

꼭 있는 것처럼 나를 유혹하지만 사실 이 세상에는 파격적인 지름길도 완전 공짜도 존재하지 않는다. 반드시 대가가 있다. 가격이 너무 과하게 싸면 사기인 핸드폰처럼, 살아가면서 지름길처럼 보이는 인생의 선택도 사실은 더 나락으로 가는 길일지도 모른다.

지금은 느린 것 같아도 차근차근 단계를 밟고 가는 게
나를 더 빨리 내가 원하는 곳에 데려다주고,
호구처럼 손해만 보는 것 같아도 착하게 사는 게
인생의 좋은 것들을 얻어내는 방법일지도 모르겠다.

내가 같이 뛰어내려 줄게

조급해하는 내게

천천히 가라고 얘기해 주려고

중고거래 사기꾼이 나타났나 보다. 🍯

싫은데 좋은 거 ___

이 세상에는
말이 하나도 안 되는데
말이 되는 말들이 있다.

예를 들면,
'싫은데 좋은 거.'

문법적으로나 의미상으로나 말이 안 되는 표현이다. 싫으면
싫은 거고 좋으면 좋은 거지 서로 반대되는 말을 동시에 쓰면 도

대체 무슨 뜻이란 말인가. 하지만 우리 모두 다 안다. '싫은데 좋은 거'가 어떤 뜻인지 아주 정확히 안다. 나는 운동하는 게 싫으면서도 참 좋다. 운동하러 가는 길은 항상 너무 싫어서 신발을 직직 끌면서 가는데 또 막상 운동 자체는 좋다. 러닝 머신을 뛸 때도 당장이라도 그만하고 싶은데 동시에 더 하고 싶다. 싫은데 좋다.

비슷한 게 또 하나 있다.
'증오하는데 사랑하는 거.'

역시나 논리적으로 상반되는 두 단어를 같이 쓰니까 말이 안 돼야 맞지만, 이 표현으로만 설명할 수 있는 관계들이 있다. 죽일 듯이 미운 사람과 죽을 만큼 사랑하는 사람이 같은 사람인 경우. 만나면 하는 일이 상처를 주며 싸우는 것밖에 없지만 서로를 위해서 심장도 내줄 수 있는 사이. 사랑이 더 큰지 미움이 더 큰지 잴 수가 없는 이 상태를 가장 잘 표현한 게 '증오하지만, 사랑하는 것'이다. 이것은 언어의 세계에는 존재하지 않지만 우리 일상에는 존재한다.

이런 말도 안 되는데 말이 되는 것들을 나열해 보니
여기에 꼭 맞는 게 하나 더 있다.

내 삶.

내게 선택권 없이 이미 주어져서 살아야만 하는 이 삶이 너무
싫다고 생각했다. 버겁고 힘들고 귀찮은 것이라 차라리 없었으면
하고 소망하기도 했다. 그게 전부인 줄 알았는데, 그렇지 않았다.

내 삶도 마냥 없어졌으면 하는 존재가 아니라
그 반대되는 것도 공존하는 존재였다.

잊고 있었다. 당장이라도 없어졌으면 하는 이 삶이 어느 날은
축복 같아서 끝없이 영원하길 바란 적도 있었다는 걸. 힘든 날들
도 분명 있었지만 그걸 잊게 해주는 행복들도 많았다.

명품 가방도 아니고 내 집 장만도 아니고, 겨우 오늘 하루 내
목구멍으로 넘어가는 밥을 먹기 위해 애쓰며 살아야 하는 삶이
다. 그래서 당장이라도 포기하고 싶지만 그래도 포기하고 싶지

않은 게 내 삶인 것 같다. 그만큼 때때로 행복하고 때때로 웃기 때문이다. 그게 너무 소중하기 때문이다.

누가 우리의 삶을
이렇게 하찮으면서도 소중하게 만든 걸까.

말이 되지 않지만, 말이 되는
이런 내 인생을 그래서 살아볼까 한다. 💡

때때로 행복하고

때때로 웃기 때문에

그게 너무 소중하기 때문에

3장

두 발 딱 붙이고

검을 뽑아보자

아보카도에 싹이 났다 (보카도 일지 2) ___

마냥 믿는다고 현실이 달라질까?
그렇지 않았다.

네 달에 가까워지고 있었다.
응답 없는 아보카도 씨에 물을 주기 시작한 지.

싹이 날 기미도 보이지 않는 아보카도 씨를 보살피고 있는 내
모습을 보며 친구들이 혀를 끌끌 찼다. 보는 사람마다 입을 모아
이미 죽은 거니까 이제 그만 버리라고 말했다. 물에 반쯤 잠긴

채 네 달이 되도록 새싹이 안 났으니 그럴 만도 했다.

진짜 죽었나...?
가끔 나도 묵묵부답 아보카도 씨를 보며 생각했다.

근데 이상하게 살아 있는 것 같았다. 왜인지 모르겠지만 싹이 날 것 같았다. 그래서 친구들에게 말했다. 우리 아보카도 씨는 분명 살아 있다. 두고 봐라. 매일같이 아보카도 씨가 담긴 물을 갈아주었다. 의심과 믿음 사이를 수천 번 오가며 아보카도를 지켰다.

며칠 뒤,
아보카도 씨에 물을 준 지 세 달하고도 25일 차.

아침에 일어나 졸린 눈을 비비며 주스 한잔 마시러 주방에 갔다. 주방에는 여전히 아보카도 씨가 담긴 물컵이 있었다. 물이나 한번 갈아줘야겠다 싶어서 습관적으로 컵을 딱 들었는데 아보카도 씨가 뭔가 달라 보였다.

"아보카도 씨!!!!!!! 싹!!!!!!! 싹 났다!!!!!!!!!!!!!"

집에 혼자라 들을 사람 하나 없었지만 기쁨의 탄성을 막 외치면서 방방 뛰었다. 정말 죽은 듯이 몇 달 동안 물에만 동동 떠 있던 아보카도 씨에서 아주 작은 싹이 났다.

"역시 살아 있었구나! 난 널 믿었어!
이제부터 너는 아보카도 '씨'가 아니라 아보카도 '싹'이다!"

그 자리에서 바로 아보카도 싹 사진을 찍어서 포기하라고 말했던 모든 친구들에게 쫙 돌렸다. 거의 네 달 만에 난 싹이었다. 모두가 끝났다고 그만두라고 고개를 저었는데, 나는 그냥 무작정 믿고 계속해서 물을 줬다. 그랬더니 새싹을 봤다. 마냥 믿었더니 절대 안 될 것 같았던 현실이 바뀌었다.

때로는 믿는 대로 되기도 하는구나.

믿는 대로 현실이 바뀌기도 하는구나.

쪼그마한 아보카도의 새싹 덕분에 앞으로 뭐든 믿고 버틸 수 있을 것만 같다. 그리고 버텨도 될 것 같다. 어쩌면 이렇게 사람들이 틀리고 내 마음의 소리가 맞을 수도 있으니까.

내가 하고 싶은 거 내가 되고 싶은 거, 그걸로 잘 먹고살 수 있을지 확신은 없지만 일단 버티면서 가봐야겠다. 싹이 날 때까지.🌱

(근데 나중에 알게 되었다. 아보카도 새싹이 나는 데 환경에 따라 실제로는 몇 달씩 걸리는 경우도 꽤 있다는 걸. 하하)

눈이 작은 게 어때서 ____

"넌 눈도 작잖아."

미국에서 지낼 때였다. 비하하려고 그랬는지 정말 그냥 작아
보여서 작다고 했는지는 모르겠지만 한 미국 애가 나에게 이 말
을 했다. 모두가 깜짝 놀라 돌아봤다. 눈이 작다는 말은 주로 동
양인을 비하할 때 쓰이다 보니 내 친구들은 전부 전투 태세를 하
고 그 애를 노려보았다.

나는 씩 웃었다.

웃으니까 눈이 거의 안 보일 정도로 실처럼 더 작아졌다.
그리고 그 애를 보며 말했다.

"응 맞아. 고마워!!"

항상 궁금했다.
왜 눈이 작다는 말을 욕으로 들어야 하는지.

코가 하나인 사람한테 '너는 코가 하나네'라고 얘기해도 욕이 아니고, 다리가 있는 사람한테 '너는 다리로 걷네'라고 말해도 욕이 아니다. 있는 사실을 그대로 말하는 거니까. 마찬가지로 눈이 큰 사람에게는 눈이 크다고 하고 눈이 작은 사람한테는 눈이 작다고 하는 건 당연한 일인데 왜 눈이 작은 것은 욕이 되고 비하가 되는 걸까.

똑똑한 사람에게 아무리 비꼬면서 똑똑하다고 말해도 욕이 되지 않고, 눈 큰 백인에게 아무리 깎아내리는 듯 눈이 크다고 말해도 욕이 되지 않는 것처럼, 아무리 비하의 목적을 가지고 눈이 작다고 해도 그건 욕이 안 되는 것 같다. 애초에 기분이 왜 나

빠야 하는지 모르겠다.

오히려 눈이 크다고 하면 칭찬이라고 여기는 것처럼 눈이 작다고 하는 것도 칭찬이라고 생각했다. 지금까지 나를 좋아한 사람들은 모두 내 눈을 참 좋아했다. 특히 눈이 가장 작아지는 웃는 모습을 가장 좋아했다. 그래서 누가 눈이 작다고 얘기를 하면 매번 고맙다고 했다.

지금까지 아마 거울을 수만 번도 더 봤을 거다. 그중 오늘따라 참 꾀죄죄하고 별로 안 예뻐 보이는 날도 분명 있었다. 하지만 눈이 더 컸으면 예뻤을 텐데 하고 아쉬워해 본 적은 없었다. 그런데 오늘은 거울을 보면서 좀 아쉬워해야겠다.

하…,
눈이 좀만 더 작았어야 했는데. 아쉽다.

좀 줄여볼까? 💡

비껴갈 수 있다면,

조금 피해 갈 수 있다면,

그러면 우린 그걸 행운이라고 부른다.

그래서 나도 최선을 다해서 피해 가려고 했다. 문제가 생기면 일단 도망치고 보고 어쩌면 그 문제가 사라질지도 모른다고 생각했다. 멀리 도망 와서 문제가 안 보이면 진짜 없는 줄 알았다.

아빠가 아기한테 '까꿍' 하면서 손으로 얼굴을 가리면 진짜 사라진 줄 아는 순진한 아기처럼, 다 큰 나도 문제가 안 보이게 두 손으로 잠깐 가리면 마법처럼 아예 사라진다고 생각했다. 아기처럼 순진한 나이도 아니고 마법 따위는 없다는 것을 알면서도 이런 게 가능하다고 믿었던 걸 보면 참 딜레마 그 자체다.

그래도 도망 좀 쳤다고 뭐라고 하는 건 너무하다. 어른이 애처럼 도망 다닐 정도면 얼마나 무섭고 힘들어서 그랬을까. 충분히 그럴 만한 이유가 있어서 그런 것이다. 하지만 도망쳐 다니는 내가 불쌍하지도 않았나 보다.

아무리 충분한 이유가 있어도, 아무리 멀리 가도 문제는 사라지지 않았다. 참 무심도 하지. 더 무서운 건, 항상 다시 돌아왔다. 결국 진짜로 사라지게 하려면 외나무다리를 건너야 했다.

도피가 아니라 직면을 해야 했다. 그 문제가 떡하니 버티고 있는 외나무다리를 내 발로 직접 걸어 들어간다. 마주하기 두려웠던 그놈을 정면으로 딱 맞닥뜨린다. 피할 곳도 돌아갈 곳도 없는 그곳에서 똑바로 마주하고 끝장을 봐야 한다.

겁 많은 내가 사방팔방 뚫린 곳에서 그걸 마주하면 싸워보기도 전에 줄행랑칠 게 뻔하니까 외나무다리에서 만나야만 했다. 그렇게라도 문제를 마주하면 아무리 무서워도 똑바로 볼 수밖에 없으니까. 둘 중에 하나만 살아서 나간다는 심정으로 어쩔 수 없이 목숨 걸고 돌진해 싸운다.

그렇게 마음의 상처도, 외면하고 싶었던 상황도 똑바로 마주하니까 알겠다. 내게 진짜로 필요한 행운이 무엇인지. 나에게 필요한 행운은 피해 가는 행운이 아니었다.

외나무다리에서 더 이상은 못할 만큼 지칠 때까지 싸우다가 이젠 끝이라고 생각하며 눈 딱 감고 온 힘을 다해 나의 마지막 최후 한 방을 날렸을 때, 그게 그 무서운 놈의 명치가 되는 행운이 필요하다.

퍽. 꽥. 승리!!! 🏆

그 행운을 믿으며

두 발을 딱 붙이고

검을 뽑아보기로 했다.

공허한 마음 같이 채우자 ____

밤이 되면 마음이 공허해지는 날이 있다.

그 마음을 잊어보려고 불을 다 끈 방에서 책상 스탠드를 하나 켜놓고 누워 핸드폰을 본다. 이 영상 저 영상을 보면서 킥킥 웃다 보면 그 순간에는 가슴속의 텅 빈 느낌이 잊혀진다. 그래서 그 순간을 늘리고 늘리려다가 결국 네다섯 시간씩 핸드폰을 본다.

정신을 차린 후 시간을 확인하면 어느새 새벽 세 시다. 조금 더 보다가 눈꺼풀이 약간 무거워질 때쯤 핸드폰을 내려놓고 잠이 든다. 잠에 빠져들기 직전에 문득 이런 생각이 들었다. 사람들도 혹시 내 영상을 보면서 마음속 빈자리를 채우고 있는 걸까?

사람들에게 내가 만든 영상은 잠깐 지나가면서 풋 웃고 대충 스쳐 지나가 사라지는 존재라서 아무리 수백만의 사람이 봐주었더라도 그 이상 의미를 두는 건 과하다고 생각했다. 큰 의미를 부여할 수 없는 작은 부속품 같은 것이라고나 할까.

그런데 몇 주째 깜깜한 새벽에 영상들을 보면서 마음을 채우는 내 모습을 보니 어쩌면 내 영상들이 누군가의 공허한 밤을 메꾸고 있을 수도 있겠다 싶었다.

대부분의 우리는 대단한 발견을 해내는 과학자가 될 수 있는 것도 아니고, 누구나 다 아는 유명한 가수가 될 수 있는 것도 아니고, 머리가 비상한 자수성가형 부자가 될 수 있는 것도 아니다. 그렇게 보면 내 인생은 좀 보잘것없어 보인다.

그래도 어쩌면, 사람들이 이 고된 삶을 살아가면서 잠시나마 위로받고 잠시나마 웃게 해주는 무언가를 만드는 게 내가 태어나서 해야 할 일인지도 모르겠다.

보통의 삶을 살아가며,
보통의 삶을 소진해 위로를 전하는 것이다.

밤새워 만든 영상과 용기 내어 쓴 글로 누군가의 허전한 밤을
채울 수 있다면, 힘들게 번 돈으로 얼마 전 연인과 헤어진 내 친
구에게 토닥토닥 위로의 맥주를 한잔 사줄 수 있다면, 작아도 꽤
의미 있는 삶의 이유가 될 수 있지 않을까.

삶의 의미는 생각보다 금방 찾을 수 있는 것 같다.
너무 대단하게 잘 먹고 잘살아 보겠다는 것만 포기하면 된다.

내가 누군가의 공허함을 채우는 것처럼
또 다른 누군가도 내 공허함을 채워주고,

우리가 이렇게 서로서로 빈자리를 채워가며
오늘 하루 같이 따뜻하게 살아가면,

그게 의미 있는 인생이지. 💡

위로는 내가 남에게만 해줄 수 있는 게 아니다.
위로는 내가 나에게도 해줄 수 있다.

　사랑하는 사람이 힘든 일을 겪거나 자신감을 잃고 주저앉았
을 때 옆에 다가가서 토닥토닥 위로하며 그가 얼마나 멋있는 존
재인지 말해주는 것처럼, 내가 어려울 때는 내가 나를 위로해 주
어야 하는 것 같다.

　세상을 살아가면서 우리는 끊임없이 인생의 관문들을 통과해

야 한다. 그리고 그 관문을 마주할 때마다 참 두렵다. 그럴 때마다 누군가 옆에서 다독여주고 할 수 있다고 끌어주면 좋겠지만 안타깝게도 매번 그렇지는 않다. 안 그럴 때가 훨씬 더 많다. 위로해 주는 사람이 원래 없었을 수도 있고, 있었는데 없어졌을 수도 있다.

그때는 내가 나를
우쭈쭈 다독여 데리고 가야 한다.

'많이 힘든 거 알아', '조급해하지 않아도 돼!', '포기하지 말고 같이 딱 한 걸음만 더 가보자', '넌 잘할 수 있어!'. 그렇게 듣고 싶었던 말을 내가 나에게 해준다. 지금 지친 내 상태로는 할 수 없던 말들을 들려준다.

남이 힘들다고 할 때는
새벽 한 시에도 어디든 달려가서 토닥여 주면서
정작 내가 힘들 때는 나를 그냥 방치했다.

내가 나를 돌봐야 한다는 생각을 못 해봐서 그랬다. 다른 사람들을 위로하는 것처럼 나에게 반의반만 잘했어도 훨씬 빨리 회복하고 일어섰을 텐데. 얘기도 잘 들어주고 친절하고 아낌없이 주는 나는 왜 타인을 위해서만 존재하고 스스로에게는 무심했을까.

더 이상 방치하지 않고
내가 나를 다독이며 위로하기 시작했다.
나와의 대화를 하기 시작했다.

내 안에 두 사람이 있는 것처럼 울고 있는 나와 그걸 바라보는 내가 대화를 나누는 느낌이랄까. 바라보는 나는 힘든 나를 다그치지 않으면서 조심스럽게 이해해 주고, 할 수 없다고 자신감 없어 하는 걸 할 수 있다고 따뜻하게 설득도 해주고 믿어준다. 그러고 나면 남이 나를 이해해 주고 공감해 줄 때보다 더 깊은 마음의 위안을 받았다. 위로만 받는 게 아니라 용기도 같이 생긴다.

그렇게 내가 나에게 심어준 용기로 두려움이든 어려움이든 이겨낼 힘을 얻어 인생의 관문을 통과하고 성장한다.

그때 생기는 자신감이란.

말로 표현할 수 없다.
뿌듯함의 끝이다. 💡

감독님이 말해준 비법 ____

운이 좋게 방송의 첫걸음을 올림픽 생방송팀에 계셨던 대단
한 감독님 밑에서 시작하게 되었다. 너무 긴장해서 손이 덜덜 떨
리던 첫 생중계부터 내가 가장 어린 나이에 꼬꼬마 스포츠 감독
으로 첫 데뷔했던 날까지 모두 함께했다.

감독님에게 참 많은 것을 배웠지만
그중에서 가장 기억에 남는 것이 있다.

어느 날 방송이 끝나고 한 팀원이 감독님께 물어봤다. 어떻게

하면 시청률이 잘 나오는 방송을 만들 수 있는지, 성공한 감독이 될 수 있는 노하우가 궁금하다고 말이다. 그걸 듣고 감독님은 오히려 이런 질문을 던졌다.

"How can people enjoy your show, if you don't enjoy making it?"
("만드는 사람이 즐겁지 않은데 어떻게 보는 사람이 즐겁겠어?")

다른 사람들은 어땠는지 모르겠지만,
나에게는 감독님의 대답이 너무 충격적이었다.

항상 목표를 달성하기 위해 언제나 그 목표 대상에 대해서만 연구하고 관심을 가졌다. 그런데 바깥에 있는 목표 대상이 아니라 안에 있는 나 자신의 내면에 관심을 가져주어야 결과물도 좋다니.

감독님은 말했다. 무엇이든 하다 보면 실력은 늘 수밖에 없고 전문가가 될 수밖에 없지만 그 과정에서 내가 즐거운지는 나만 알 수 있다. 결과를 만들어내는 과정이 즐겁지 않다면 그 어떤 전략도 그 어떤 꼼수도 통하지 않는다. 마음이 담긴 진실된 과정이 그대로 결과가 된다.

피 튀기는 경쟁사회에서 최고가 되기 위해 제일 중요한 게 내 마음이 될 수 있다는 건 상상조차 해보지 못했었다. 오히려 내 행복이나 마음은 눌러버리고 외면해야 성공할 수 있다고 생각했다. 나의 행복을 우선순위로 두는 건 경쟁사회에서 초스피드로 누락되어 버려지는 지름길이라고 믿었다.

베테랑 감독님은 실제로 여전히 일을 즐기면서 하는 모습을 매번 보여주셨다. 우리에게 한 말이 그냥 멋져 보이려고 던진 게 아니라 진짜였다. 역시 사람은 말과 행동이 같아야 그 말이 진심으로 느껴진다. 어쨌든 감독님의 그 말은 그날 그 자리에서 바로 내 삶의 모토가 되었다.

이제는 목표를 달성할 수 있을까 없을까 전전긍긍하며 스트레스가 몰려올 때마다 스스로에게 물어본다.

'나 지금 이 일을 즐겁게 하고 있나?'

결과보다 과정을 중요시하게 되었다. 어차피 내가 지금 즐기지 않으면 결과도 좋지 않을 거라는 이 믿음은, 혹시나 사실이 아니더라도 그 어떤 목표보다 나를 먼저 돌보게 하는 좋은 핑계가 되었다.

과정이 행복했다면,
목표에 대해 어떤 결과를 얻어도
그 과정이 헛되었다고 말할 수 없을 테니까.

행복보다 더 중요한 게 어디 있나.
행복이 헛되다는 건 들어본 적이 없다. 💡

학교 교과서 중에는

엄청 크고 두꺼운 게 많았다.

크기가 좀 작나 싶으면 다른 책보다 세 배는 더 두꺼웠고, 두께가 괜찮다 싶으면 책 크기가 엄청났다. 그 무거운 걸 네다섯 권씩 전부 가방에 넣어 다녔다. 마시지도 않으면서 1리터짜리 물통에 물도 끝까지 가득 채워서 옆 주머니에 꼭 끼워놓았다. 매일 몇 킬로씩 되는 가방을 메고 다니다 결국 허리가 나갔다.

허리가 아프고 나서 처음 알았다. 푹신한 침대보다 딱딱한 바닥에 눕는 게 허리가 덜 아프다는 걸. 그래서 바닥에 누워서 잠을 잤다. 들고 다니던 두꺼운 책들도 전부 챕터별로 잘라버렸다. 책상에 앉아 있는 것도 허리에 무리가 가는 일이었다. 그래서 공부도 서서 했다.

아니, 사실 공부는 그냥 안 했다. 하지만 친구랑 노는 건 포기할 수 없었다. 같이 저녁을 먹기로 해서 오랜만에 조금 고급스러운 파스타집을 갔다.

신나게 메뉴를 고르고 한 입 두 입 먹을 때까지는 몰랐는데 조금 먹고 나니까 허리가 아파왔다. 집에서는 밥 먹다가 허리가 아프면 잠깐 일어나서 먹었는데, 여기서는 눈치 보이니까 그럴 수가 없었다. 친구에게 말했다.

"아, 나 허리 아파졌어.
일어나서 먹고 싶다."

친구는 내 얘기를 듣더니 쿨하게 일어나서 먹으라고 했다. 주

위를 둘러봤다. 우리 건너편에서는 한 커플이 우아하게 와인잔을 기울이고 있고 뒷좌석에서는 고급스러운 스테이크를 썰고 있었다. 레스토랑에서 흘러나오는 감미로운 재즈음악은 매너를 지키라고 속삭이는 것 같았다. 주변 분위기 관찰을 끝낸 내가 말했다.

"여기서 일어나기 좀 그렇잖아.
나 일어나면 너도 부끄러울걸?"

친구는 먹던 파스타 한 입을 말없이 마저 꿀떡했다. 그리고 포크를 내려놓으면서 뭐가 문제냐는 표정으로 내게 얘기했다.

"난 괜찮은데? 너 허리 아프다며,
그럼 나도 너랑 같이 일어나서 먹을게."

그리고는 진짜로 그 자리에서 바로 벌떡 일어났다. 친구는 다시 포크를 집어 들고 평온하게 파스타를 먹었다. 나는 벙쪄서 친구만 처다보고 있었다. 친구는 아주 태연하게 서서 파스타를 마저 삼키더니 새우도 집어 냠냠 먹었다. 아주 맛있게 식사를 계속했다.

생각보다 사람들이 관심을 안 가졌다. 그래도 친구가 민망할 것 같아서 괜찮으니까 앉으라고 했다. 친구가 무슨 상관이냐고 했다. 너가 허리가 아프면 일어나서 먹는 게 당연하니 걱정하지 말라며.

"계속 같이 서 있어 줄 테니까 편하게 서서 먹어."

나를 위해서면 쪽팔릴 게 없는 친구.
다른 사람의 시선보단 내가 더 중요하단 친구.
말로 백번 괜찮냐고 물어보는 대신
말없이 한번 벌떡 일어나주는 친구.

이런 친구가 바로 내 친구라는 게 그저 고마웠다.

소중한 사람을 잘 붙잡고 있는 것도
좋은 곳에 취직하는 것만큼 중요하다.

넌 딱 걸렸어. 🔦

심장에 힘을 콱 준다 ____

흔히들 이렇게 말한다.

"힘든 건 이겨내야 해!"

정말 맞는 말이다.

하지만 현실에서는 적용하기 힘든 아주 꿈같은 말이다. 힘들어서 울고 또 울다 '왜 살아야 하는 거지'라는 생각까지 드는데 이겨내자는 의지 자체가 존재할 리가.

무기력해질 때면 그저 왜 나에게는 남들처럼 의욕이 없는 걸까 원망했다. 일이 잘 안 풀리면 희망이 없는 현실이라고 화냈다.
그리고 아무것도 하지 않고 울기만 하면서 상황이 좋아지기만을
기다렸다.

　　그런데 이겨낸다는 게
　　내가 생각해 왔던 거랑은
　　아주 다르다는 걸 깨달았다.

　　다이어트를 할 때
　　떡볶이가 너무 먹고 싶은
　　격한 충동을 참았던 것,

　　졸려 죽겠는데
　　숙제하느라 미친 듯이 감기는 눈을
　　안간힘을 다해 뜨려고 했던 것,

　　잘 안 나오는 똥을 쌀 때면
　　온 세포를 다 끌어모아 힘줬던 것,

힘든 걸 이겨낸다는 건
이렇게 온 힘을 다해서 하는 것이었다.

마음이 지쳐서 휘청거릴 때는 머리 말고 진짜로 몸에 꿍 힘을
준다. 주먹을 꼭 쥐고 힘을 심장까지 팍 주면 마음이 단단해지는
게 느껴진다. 몸이 멀어지면 마음이 멀어진다고 하는 이유는 몸
과 마음이 연결되어 있으니 그런 게 아닐까. 그래서 몸에 힘을
주면 마음에도 힘이 가는 것 같다.

힘든 걸 이겨낸다는 건 여전히 쉽지 않은 일이지만
이겨내는 방법을 하나씩 알아가고 있는 것 같다.

내가 같이 뛰어내려 줄게

물론, 알아가고 있다고 했지

실천한다고는 안 했다. 💡

꽃은 꺾여도 사랑은 남아서 ___

꽃다발을 볼 때마다
이미 꺾여버린 꽃을 주고받는 게
참 의미 없다는 생각이 들었다.

여러모로 꽃다발은 너무 한순간이다. 받을 때는 기분 좋지만,
그 짧은 순간이 지나면 대부분 둘 중 하나의 운명에 처한다. 첫
번째는 바로 쓰레기통에 버려지는 것이고 두 번째는 물병에서
며칠 더 버티다가 쓰레기통에 버려지는 것이다.

아무리 싱싱하고 화려한 꽃다발이라 한들
여전히 꺾인 꽃이라는 건 변함이 없기에 예외란 없었다.

너무나 짧은 순간을 위해 존재하는 꽃다발이니 차라리 애초에 주고받지 않는 게 훨씬 나을 것 같다. 이 세상에 주고받을 수 있는 게 얼마나 많은데 그중에 곧 사라지는 꽃다발을 주고받는 건지. 사진 찍기 좋아서 그런 거라고 해도 그 잠깐을 위해 꽃을 잘라 희생시킬 만큼의 가치가 있는지 모르겠다.

꽃의 희생에 비해 남는 게 너무 없다.

그렇다고 내가 누가 주는 꽃다발을 거절했다는 건 아니다. 받을 때는 누구보다 좋아하면서 다 받았다. 그저 꽃들이 시들어버릴 때마다 낭비라고 생각했을 뿐이다. 그런데 그렇게 받은 꽃다발들이 하나둘 늘어가다 보니 꽃다발이 다르게 보였다.

연인이 꽃다발을 주고받으며
서로에 대한 마음을 보여주고 수줍게 웃을 때,

졸업식에 들고 간 꽃다발이
친구의 의미 있는 순간 속에 함께할 때,

엄마 아빠가 딸에게
진심 어린 축하를 담은 꽃다발을
무심한 듯 건네줄 때,

그 자리에 있던 꽃다발은 곧 사라져도
그 빈자리에는 오랫동안 사라지지 않는
사랑이 대신 남겨져 있었다.

사랑은 마음속에 있는 것이라서
표현하지 않으면 밖으로 나타나지 않는다.

그런데 꽃다발은 사랑을 나타나게 해주었다.

꽃다발을 통해 한 사람의 마음속에 있는 따뜻한 사랑이 눈에
보이게 되고, 덕분에 그 사랑이 또 다른 사람의 마음속으로 들어
갈 수 있게 된다. 어쩌면 짧은 찰나의 순간을 위해 희생되는 꽃

들의 목숨이 그 소중하고 수줍은 사랑의 마음으로 영원히 남게
되는 건지도 모르겠다.

그렇게 사랑이 전달되고 남을 수 있다면,
아주 가끔은 꽃다발도 좋은 것 같다. 🔔

울지 말라고 하지 마 ____

닭똥 같은 눈물을 뚝뚝 떨구며 울고 있는데 누가 내 옆으로 다가와서 위로를 해준다. 안절부절 어쩔 줄 몰라 하는 얼굴을 애써 감추고 내 어깨를 어색하게 몇 번 토닥여 주며 말한다.

"괜찮아? 울지 마~"

울음이 뚝 그쳐졌다. 울지 말라는 그 말 그대로 그냥 안 울면 되는데 내가 왜 그걸 생각 못 했을까. 내가 너무 바보 같아서 그 간단한 방법을 모르고 울고 있었나 보다.

…라고 느낄 거라 생각하는 건가.

위로하는 사람들 중에 울지 말라고 얘기하는 사람들을 볼 때면 도대체 무슨 생각으로 그러는 건지 이해가 안 갔다. 누가 울고 싶어서 우는 것도 아니고 괜찮지 않고 싶어서 안 괜찮은 것도 아닌데 말이다. 차라리 아무 말도 안 하는 게 나은 것 같다.

뻔한 말보다는 그냥 고요 속에서 옆에 있어주고
손 한번 꼭 잡아주는 게 오히려 위로가 되었다.

이제 막 학교에 들어가 적응하기 시작한 여덟 살짜리 꼬마들을 가르치는 아르바이트를 한 적이 있었다. 수업 중에 한 여자아이 의자가 기울면서 뒤로 넘어졌다. 의자가 바닥에 부딪히면서 엄청 큰 소리가 났다. 혹시 다쳤을까 걱정돼서 급하게 달려가 확인했는데 상처는커녕 아주 깨끗하고 포동포동 귀여운 아기 팔다리만 있었다.

근데 갑자기 꾹꾹 울기 시작한다.

그러다 점점 커져서 거의 피가 철철 나고 팔이라도 하나 부러진 부상자처럼 교실이 떠나가라 운다. 옆에 있던 친구들이 다가와서 걱정하는 얼굴로 울지 말라고 위로했다. 그래서 내가 말했다.

"아냐, 넘어져서 아프면 울어야지!
아픈 만큼 실컷 울어요!
저도 아프면 엉엉 울어요."

대신 한번 안아주었다. 실컷 울다가 필요한 게 생기면 언제든 얘기하라고 말해주고 아무 일도 없는 듯 수업을 계속했다. 내 말을 듣고 고개를 끄덕인 여자아이는 5분 정도 더 크게 울더니 곧 스스로 울음을 그쳤다. 그리고 언제 그랬냐는 듯 손을 번쩍번쩍 들고 신나서 발표를 하고 까르르 웃으면서 친구들이랑 논다.

울고 있는데 울지 말라고 위로하지 않고
힘든데 힘내라고 위로하지 않았으면 좋겠다.

아프면 좀 울어도 된다고 하고

힘들면 좀 힘들어해도 된다고 했으면 좋겠다.

그러면 언젠가 괜찮아질 때쯤 괜찮아지겠지. 🍎

카페에 앉아 있는데
슬픈 노래가 흘러나왔다.

몇 년 전쯤에 유행했던 노래였다. 이 작곡가의 노래는 전부 다
슬프다. 분명 살면서 행복한 날도 한 번쯤은 있었을 텐데 항상
슬픈 노래만 만드는 게 신기하다. 카페에서 나오고 있었던 노래
역시 가사 한 소절 한 소절이 아리다.

노래가 얼마나 애절한지 아무 생각 없던 나도 노래를 듣다 보

니 눈물이 날 것 같다. 옆에 같이 앉아 있던 친구도 노래를 듣고 고개를 살짝 든다. 나랑 비슷한 생각을 하고 있는 것 같다. 친구가 얘기한다.

"이 사람 노래는 슬퍼서
행복한 세상이 오면 인기가 사라지겠지?"

친구의 말을 듣고 잠시 생각해 봤다. 맞는 말인 것 같아서 수긍하려 했는데 곧 마음이 바뀌었다. 일단 그런 세상이 안 올 것 같다. 우리가 슬플 일이 없을 정도로 행복한 세상을 살게 된다면 아마 그건 정신이 미쳐버려서 상상 속에서 살고 있는 상태이거나 죽어서 천국에 가 있는 상태일 것이다.

하지만 아주 만약에 정말 행복한 세상이 찾아왔다고 해도 이 작곡가의 노래는 여전히 사랑받을 것 같다. 친구에게도 똑같이 말했다.

"행복한 세상이 온다고
슬픔이 세상에서 사라지는 건 아니잖아."

행복한 세상이라고 꼭 슬픔이 없진 않을 것 같다. 때로는 슬픔도 행복을 만드는 데 꼭 필요하니까 말이다. 사전만 찾아봐도 '행복'의 반대어가 '슬픔'이 아니다. 행복의 반대어는 슬픔이 아니라 불행이다. 슬픈 것과 나쁜 것은 달라서 슬픈 것이 꼭 나쁜 것은 아닌 것 같다.

나도 슬픔을 통해서
행복을 깨닫기도 하고,
슬픔 안에서 행복을 찾기도 했다.

사소한 일상생활에서도 슬픔과 행복은 같이 오기도 한다. 오랫동안 키워온 자식의 결혼식을 보는 부모님이 흘리는 눈물처럼, 때로는 슬픔과 행복은 같이 온다.

행복한 인생이란 눈물 한 방울 없이 매일매일 하하하 웃으며 기분 좋은 게 아니라 잘 웃기도 하고 잘 슬프기도 하는 것일지도 모른다. 슬픔은 행복한 세상이 찾아와도 우리 옆에 붙어 있지 않을까.

슬픔도 인생의 일부니까.

슬픔이 우리에게 필요할 때도 있잖아.

근데 솔직히 안 필요하고 싶긴 하다. 🎈

친구들의 등에

반짝반짝 달려 있던 브라 훅.

참 멋있어 보였다.

중학생 나이가 되자 또래 친구들은 대부분 이미 브라를 하고
있었다. 같은 티셔츠를 입고 있는데 애들은 등짝에 브라 자국이
보였다. 놀다가 가슴 쪽을 맞으면 아프다고도 했다.

하지만 나는 아니었다. 여름에는 티셔츠 한 장만 아주 가볍게

걸치고 뛰어놀았고, 축구를 할 때는 공을 가슴으로 막 받아쳐도 하나도 안 아팠다. 어른들은 내가 적당한 성장 속도라 좋은 거라는데 점점 브라를 하는 친구들이 많아지니까 묘한 기분이 들었다. 혼자 섞이지 못한 것 같기도 하고 나만 이상한 것 같기도 했다.

그렇다고 부러운 것까진 아니어서 언젠가 나도 입을 날이 오겠거니 하고 기다렸다. 하지만 나랑 같이 늦게까지 브라를 안 하던 친구들도 어느새 브라를 입고 나타났다. 결국 내가 마지막까지 남은 최후의 1인이 되고 말았다. 그러고 나니 브라 한 친구들이 부러웠고 멋있어 보였다. 나도 그 사이에 빨리 끼고 싶었다.

"엄마아아아~ 나 브라 필요해애애애!"

결국 엄마를 붙들고 막 졸랐다. 누가 봐도 판판한 가슴을 한껏 들이밀어 보이며 왜 브라가 필요한지 설명했다. 중학교 1학년, 엄마의 손을 잡고 있지도 않은 가슴을 덮을 내 인생 첫 브라를 사러 갔다. 행복하고 설렜다.

가게 사장님은 납작해도 너무 납작한 가슴을 보더니 지금은 꼭 필요하진 않다고 정직한 한마디를 했다. 그 말을 듣고 나는 괜히 사장님이 아니라 엄마를 보면서 설명했다.

"받쳐주는 브라가 없으니까
확실히 너무 불편해.
엄마 나 브라가 꼭 필요해!!"

엄마는 사장님을 보고 혹시 청소년용 브라가 있냐고 물어보았다. 사장님은 먼지 쌓인 구석에서 작은 상자 몇 개를 꺼내 왔다. 첫 번째 상자에는 연분홍색 A컵 브라가 들어 있었다. 누가 봐도 나한테 너무 컸다. 두 번째 상자에는 심플한 AA컵 브라가 나왔는데 역시나 너무 컸다. 그리고 마지막 하나 남은 상자에는 무려 AAA컵 브라가 들어 있었다.

그 AAA컵 브라. 아니, 좀 더 솔직하게 말하면 브라 모양의 천이라고나 할까. 나도 알고 있었다. 이 정도 브라는 굳이 입을 필요가 없다는 걸. 그래도 아주 만족한 손님처럼 고개를 끄덕이며 이게 딱 좋을 것 같다고 말했다. 세 번째 브라 천때기를 수락했다.

태어나서 처음 입어본 브라.

그게 내 납작한 가슴팍에 안착했을 때 느낌은, 친구들의 프리미엄 슈퍼 울트라 리미티드 크레이지 프라이빗 브라 클럽에 아주 당당하게 들어가는 기분이었다. 뭔가 된 듯한 기분이었다.

그렇게 좋아했었다.
그런 브라였는데.
그랬는데….

"아!! 이것 좀 벗어 던져버리고 싶어!!"

지금은 집에 오면 제일 먼저 하는 게 브라부터 풀어서 바닥에 던져버리는 것이다. 이제는 제발 안 하고 다니고 싶다. 새로운 브라를 사려고 검색할 때는 '안 입은 것 같은', '편한'을 꼭 붙인다.

중학생이었던 나는 몰랐겠지.

너무나 하고 싶었던 브라가

이렇게 날 속박하게 될 줄.

혹시 내가 지금 목매며 원하는 것들이

나중에는 벗어던지고 싶은 것이 될 수도 있는 걸까.

아직은 상상이 잘 안 간다. 💡

자격이 없다는 생각이 자꾸만 든다.

최선을 다하지 않아서,
더 열심히 살지 않아서,
착하게 살지 못해서.

농사를 땀 흘리며 열심히 지어야 가을에 맛있는 작물을 수확할 수 있고, 허리 쪼그리고 수고스럽게 잡초도 뽑아야 튼튼한 열매를 거둘 텐데. 띵까띵까 뒹굴뒹굴 놀면서 대충 일해놓고 농사는 대박 나기를 바라는, 그런 양심 없는 농부가 된 것 같다.

세상에는 공짜가 없고, 딱 일한 만큼만 대가를 받을 수 있는 무섭도록 공평한 곳인데. 이렇게 내가 게을러서 잘 먹고 잘살 자격이 있을까. 난 잘살 수 없을 것 같다.

그래서 가끔 너무 좋은 일이 나한테 일어나면 내 것이 아닌 걸 가지고 있는 느낌이다. 땀 흘리지 않고 얻은 것들을 어떻게 함부로 내 거라고 할 수 있을까.

내 것이 아니니까 자꾸만 그 좋은 일들이 곧 떠나버릴 거라고 생각한다. 열심히 해서 얻은 게 아니라 떠나버려도 할 말이 없는 입장이다. 원래 내 것도 아닌 걸 쥐고 있겠다는 건 너무 욕심이니까. 그래서 다시 잃는 거조차 두렵지 않다.

일한 만큼만 받을 수 있는 이 세상의 이치에 따라 내가 받을 수 있는 양은 너무나도 적다. 매정하게 공평한 세상에서 게으른 내가 얻을 수 있는 건 얼마 되지 않는다. 결국 게으른 내가 가질 수 있는 미래는 고되고 척박할 거라고 이미 정해져 있는 셈이다.

근데 잠깐만,

세상은 안 공평하잖아.

가만 보니 놀기만 하는데 돈 많은 사람도 있고, 태어날 때부터
천재라서 뭘 하든 잘살 수밖에 없는 사람도 있다. 매주 로또 당첨
자도 어디선가 항상 나온다. 공부도 안 하고 놀다가 부자 여자 친
구랑 결혼에 골인하는 사람도 봤다. 원래 가진 것이 없어도 운이
좋아 노력 없이 먹고사는 사람은 내 주변에도 한두 명씩은 있다.

공평한 척하는 세상이지만
사실 전혀 공평하지 않은 세상이었다.

그러니 혹시 모르겠다.

나도 죽도록 열심히 안 했는데
나름 잘 먹고 잘살 수 있을지도. 🍄

4장

푸하하가 모여서 행복이 되는구나

아보카도 싹이 사라졌다 (보카도 일지 3) ____

도둑맞았다.

애지중지 키우던 아보카도를.

무려 네 달을 금이야 옥이야 키우고 있었다. 하루에 최소 10
번은 들여다보며 사랑을 듬뿍듬뿍 줬다. 어렵게 낳은 자식이 귀
하다는 말을 아보카도를 키우며 간접적으로 경험했다. 겨우 엄
지손톱만 한 새싹 하나 보려고 몇 달을 맘 졸였더니, 이 쪼그만
새싹이 얼마나 소중한지 밥 한 술 뜨다 말고 흐뭇하게 바라보다
다시 한 술 뜨는 지경에 이르렀다.

아보카도 씨에서 새싹이 난 다음에 물이 담긴 물컵에서 흙이 있는 화분으로 집을 옮겨주었다. 좋아하는 사람을 만날 때도 이렇게 설레지 않았던 거 같은데, 화분 키우는 데 취미도 없던 내가 도대체 왜 이러는지 모르겠다. 내 몸에는 하루에 물 한 컵도 안 주면서 아보카도는 행여나 목이 마를까 수시로 물병을 들고 왔다 갔다 했다.

그러던 어느 날, 애지중지 실내에서만 키우던 아보카도 화분을 베란다에 내놓았다.

이제 새싹이 되었으니 작은 바람결도 느껴보고 밖에서 햇빛도 듬뿍 받으면 좋을 것 같았다. 조심스럽게 베란다 한가운데 놓고 수업하러 몇 시간 정도 나갔다 왔다.

돌아올 땐 친구 한 명을 달고 왔다. 같이 밥도 먹고 아보카도 새싹도 보여주려고 데려왔다. 아직 해가 쨍쨍한 오후 세 시쯤이었다. 내가 들어가면서 잠깐 신발장을 정리하는 동안 친구가 먼저 들어갔다.

내가 같이 뛰어내려 줄게

친구는 나에게 지겹도록 들었던 아보카도가 궁금하긴 했는지 곧장 베란다로 향했다. 우리 귀여운 아보카도를 보면 그 깜찍함에 홀딱 넘어갈 텐데.

친구가 베란다 문을 드르륵 열고 나가는 소리가 들렸다. 신발 정리를 하며 무심한 척했지만 내심 친구의 첫마디가 궁금했다. '진짜 귀엽다! 우와 잘 크고 있네?' 속으로 이런 소리가 듣고 싶었다. 드디어 아보카도 싹을 처음 본 친구가 입을 열고 첫마디를 뱉었다.

"야!!!!!!!!! 다람쥐가 방금 아보카도 새싹 먹고 튀었어!!!!"

정리하던 신발 한 짝을 그대로 들고 베란다로 뛰어갔다.

심장이 떨렸다. 제발, 제발, 제발⋯. 안 돼, 안 돼⋯.

내 두 눈으로 확인한 베란다에는 화분이 그대로 있었다.

근데 딱 화분만 그대로 덩그러니 있었다.

거기에 아주 작게 나 있던 새싹은 없었다.
다람쥐가 새싹만 따 먹었다.

그게 어떤 새싹인데.

진짜 눈물이 폭풍같이 터지기 직전이었다. 심장 바닥까지 긁어
모은 정을 전부 다 쏟았던 아보카도였다. 그냥 새싹이 아니었다.

키우느라 고생하고, 바라보며 행복했던 시간들이 생각났다.
눈동자에 눈물이 그득 차오르기 시작했다. 동시에 아보카도 새
싹을 먹어버린 다람쥐를 향한 분노도 부글부글 올라오고 있었
다. 분노와 슬픔이 섞여 눈물이 터지기 직전이었다.

근데, 친구가 막 웃는다.
그냥 웃는 게 아니라 미친 듯이 웃는다.

"아캬캬캬캬캬컄캬캬캬캬컄캬컄크크크크크크크!"

텅 빈 화분을 보고 세상 멸망 직전 얼굴을 하고 있는 내가 웃 겠단다. 이 동네 다람쥐한테 평생 먹어보기 힘든 특식이었겠다 고 말하며 더 크게 웃는다. 전혀 웃을 기분이 아니었는데 특식이 란 얘기를 듣고 어이가 없어서 피식할 뻔했다.

그 긴 듯 짧았던 2초 동안 꿈틀꿈틀하는 입과 울먹울먹하는 눈 사이에서 갈팡질팡했다. 친구를 따라 웃을까 화분을 바라보 며 울까 고민을 하다가 결국 같이 웃어버렸다.

정말 엉엉 울어버린 슬픈 날로 남을 뻔했는데
그냥 친구 따라 웃어버렸더니 웃긴 날이 되었다.

지금까지도 아보카도를 잃은 날을 되돌아보면 눈물 맺혔던 상실의 순간보다 친구랑 배를 부여잡고 어이없어하며 웃었던 게 더 기억에 남는다.

때로는 추억을 눈물로 기억할지 웃음으로 기억할지
그 사이 경계선은, 내가 맘먹는 1초 사이에 있는 것 같다. 🍦

거의 금요일의 의미 ____

희망의 상징인 목요일이 왔다.

어찌나 긴 한 주였는지. 목 빠지게 기다리는 금요일이 나무늘보처럼 아주 '처어어언처어어어언흐이이이' 기어 오는 모습을 보며 월요일부터 수요일까지 시체처럼 살았다. 그러다 겨우 목요일이 왔다. 심지어 목요일 저녁이 되었다. 이제 집에 가서 눈만 감았다 뜨면 오매불망 내 사랑 금요일이 활짝 웃으면서 반겨줄 것이다. 같이 집에 갈 준비를 하고 있던 친구들과 다가오는 금요일에 설레는 마음을 나누고 있었다.

금요일은 말이 안 된다.

하루는 빨리 가는데 금요일은 빨리 안 온다.
일주일은 어느새 왔다 가서 사라지는데 금요일은 안 온다.
일 년도 돌아보면 바람 스치듯 1월에서 12월이 되어 있는데,
금요일은 안 온다.

몇 년이 눈 깜짝할 사이에 흐르고 젊음이 순식간에 사라져도
분명 며칠밖에 안 남은 금요일까지의 시간은
순식간에 흘러가질 않는 이 마법.

그래서 금요일은 말이 안 되는 요일이다.

뭐 세상이 항상 말이 되는 건 아니니까 오늘도 우리는 목요일
쯤 오면 금요일에 가까워졌다는 것에 감사할 뿐이다. 그래, 이렇
게 금요일에 하루 더 가까워진 것에 설레는 기분을 느낄 수 있는
것도 행복이지.

일을 마무리하고 드디어 집에 갈 준비를 거의 마쳤을 때쯤 시

계를 보니 어느새 밤 열두 시였다. 늦게까지 일했다는 분노와 금요일이 되었다는 행복이 동시에 겹친 그 순간, 우리는 다 같이 "금요일이다!" 하고 외쳤다. 그러고 나니 신기하게 진짜로 행복해졌다. 금요일은 마법 같다.

그런데 그때,
머리를 뒤로 쫙 넘긴 남자애가 지나가며 이렇게 말했다.

"그럼 우린 지금 월요일에 하루 더 가까워진 거네?"

그 말이 채 끝나기도 전에 내 뒤통수에서부터 분노가 올라오는 게 느껴졌다. 감히 신성한 금요일에 저런 말을 한다고?

금요일이 왔기 때문에 월요일에 하루 더 가까워진다는 건, 사는 동안 알고 싶지도 듣고 싶지도 않았던 얘기였다. 설사 남자애의 말이 맞더라도 인생을 금요일만을 위해 사는 나는 그런 건 차라리 깨닫지 못하고 죽기를 바랐다. 손이 부들부들 떨렸다.

마침 손에 연필을 들고 있었는데 그걸 보며 생각했다.

이걸로도 명치만 잘 조준하면 깨꼬닥 시키는 거 가능하겠지?

넌 쥬거쓰. 💡

어느 1월, 매섭게 눈 날리는 겨울에 내 생일 파티를 했다.

커다란 케이크에 나이만큼 촛불도 꽂고 생일 축하 노래도 불렀다. 푸릇푸릇 5월의 봄에 태어난 내가 1월 한겨울에 생일 파티를 했다는 말을 듣고 몇몇 친구들이 나보고 제정신이 아니란다.

"생일이 아닌데 생일 파티를 왜 해?"
"왜 생일 파티를 생일날에 해야 하는데?"
"생일 파티 하는 이유가 생일을 축하하는 거잖아."

"근데?"

하얀 눈이 날려서 그런지 하얀 생크림에 딸기가 잔뜩 올려진 케이크가 갑자기 너무 먹고 싶었다. 그냥 카페 가서 먹는 코딱지만 한 조각 케이크 말고 아주 통째로 사서 촛불 올린 생일 케이크가 먹고 싶었다. 그래서 태어난 날은 아니지만 한겨울 생일 파티를 하기로 했다. 올해는 생일 파티를 두 번 하겠군.

제일 친한 친구 한 명을 초대해서 같이 생일 케이크를 놓고 예쁜 고깔모자까지 쓰고 생일 축하 노래를 불렀다. 겨울에 생일 파티는 처음 해봤는데 확실히 봄 생일 파티랑 느낌이 달랐다.

생일 파티를 하면 그날이 특별해진다. 더 이상 나이 먹는 건 그다지 반갑지 않지만 생일 파티는 여전히 기분이 들뜨고 신나는 일이다. 이런 특별한 기분을 왜 꼭 정해진 날에 일 년에 딱 한 번만 누려야 하는지 모르겠다. 어차피 생일은 그 날짜를 축하하기 위해서가 아니라 나를 축하해 주려고 있는 거 아닌가.

생일 파티를 일 년에 두세 번 한다고 불법도 아닌데 하고 싶

은 만큼 하고 싶은 날에 해야지.

생각보다 이 세상에 원래 그래야 하는 것들이 그렇게 많지 않은 것 같다. 당연히 지켜야 한다고 믿는 것들 때문에 내가 누릴 수 있는 행복을 눈앞에서 놓치는 게 꽤 많을지도 모른다. 지금 보기에 남들과 좀 다르고 조금 이상해도 그게 날 행복하게 한다면, 다른 사람에게 피해를 주는 것만 빼고 자유를 더 누려도 되지 않을까.

그래서 나는 생일 파티를 하고 싶을 때 아무 때나 한다. 그냥 하고 싶은 날 한 번, 큰 케이크가 먹고 싶은 날 한 번. 다른 계절에 한 번, 또 기분이 우울해서 좀 신나지고 싶은 날 한 번.

그러다 나중에 매일매일 생일 파티를 하고 싶어지면 매일매일 생일 파티를 하면서 살아야지. 어느 계절에 태어났든 어느 날에 태어났든 태어난 나는 소중하니까.

아니, 어느 계절에 태어났든 어느 날에 태어났든
큰 케이크 먹을 핑계가 필요하니까? 🍦

작년 여름 내내 신었던 실내화가 있다.

손뜨개로 만들어진 핸드메이드 민트색 삼선 실내화다.

물론 내가 만든 건 아니고 엄마가 사준 거다. 공장에서 깔끔하게 찍어낸 실내화들도 예쁘긴 한데 조금 흐물흐물해도 핸드메이드로 만든 이 실내화가 너무 맘에 들었다. 시원해서 여름에 신기에도 딱 좋았다.

여름 내내 집에서는 이 폭신한 민트 실내화만 신었다. 뜨개실로 만든 거라 옷처럼 세탁기에 넣고 돌릴 수도 있고 아주 좋았다. 일주일에 한 번은 세탁했다. 여러 번 빨아서 그런지 여름이 끝나갈 때쯤 되니까 실내화 모양이 점점 애매해졌다. 하지만 별로 개의치 않고 신었다.

그런데 올해 다시 꺼내서 신으려고 보니 어디가 앞인지 뒤인지 알 수가 없었다. 발이 막혀 있지 않은 삼선 슬리퍼처럼 실내화 바닥 위에 띠가 둘러져 있는 모양이었는데, 그 띠가 한번 빨때마다 조금씩 움직이더니 결국 정중앙에 정착해 버렸다.

거실 바닥에 실내화를 놓고 엄청 고민했다. 도대체 어느 쪽으로 발을 넣어야 하지. 분명히 한쪽이 뒤축일 텐데 어디가 뒤축이지? 어디가 앞이고 어디가 뒤인지 알 수가 없었다. 일단 무작정 신어보았다. 그러나 제대로 신은 게 맞는지 확신할 수 없었다. 때마침 엄마도 거실에 같이 있어서 엄마한테 물어봤다.

"엄마!! 이거 실내화 어디가 뒤 같아?"

엄마가 직접 사다 준 실내화니까 엄마는 명쾌한 해답을 줄 수

있을 거라고 기대했다. 엄마는 실내화를 쓰윽 대충 훑어보더니 이렇게 대답했다.

"당연히 너가 편한 곳이 뒤지!"

예상치 못한 엄마의 답에 잠깐 뇌 정지가 왔다.

그러네? 내가 신는 거니까 내가 편한 쪽을 뒤로 쓰면 되지.
왜 나를 실내화한테 맞추려고 했지?

내가 편한 곳으로 신었을 때 앞쪽이 앞이 되고 뒤쪽이 뒤가 되는 거지. 내 발을 위한 실내화인데 실내화한테 내 발을 맞추려 했다는 이 어이없는 상황을 의심조차 하지 않았다니.

당장 고민을 멈추고 실내화를 두 방향으로 전부 신어보았다. 솔직히 비슷하긴 했는데 그나마 더 편한 것 같은 느낌이 드는 쪽을 찾았다.

그래, 앞으로는 여기가 앞이다. 왜냐면 내 발이 여기가 더 좋다고 했으니까. 설령 원래 여기가 앞으로 나온 게 아니라 하더라도 무조건 여기가 앞이다!

이미 방향이 정해져 있다고 믿었지만 사실 내 맘대로 신을 수 있었던 실내화처럼, 세상을 살아가는 순서와 방법이 이미 정해져 있는 것 같아 보이지만, 사실 내 맘대로 내 방식대로 세상에서 살아남고 살아가는 방법이 있을지도 모른다.

세상의 기준에 나를 끼워 맞춰 살지 않고
한번 사는 인생, 내 색깔대로
내 방식을 찾아가야겠다고 다짐했다.

남들과 꼭 똑같이 살지 않고,
나는 나대로 살아도 괜찮으니까. 💡

"나는 파란색 좋아하지."

제일 좋아하는 색이 뭐냐고 물어보면 항상 파란색이라고 대답했다. 조금 더 솔직하게 말하면 하늘색이라고 대답했다. 실제로 파란색을 가장 좋아하긴 하는데 굳이 많은 색들 중에 파란색이라고 하는 이유는 제일 멋져 보이기도 하고 마음에 드는 다른 색들은 왠지 좀 낯간지럽기 때문이다. 노란색은 너무 애기 같고, 보라색은 약간 또라이 같고, 초록색은 조금 무난하고, 하늘색은 더없이 여리여리해 보인다.

이 색들 말고 다른 색은 딱히 좋아하지도 싫어하지도 않는다. 조화로우면 '예쁘구나' 하는 정도. 그런데 딱 하나 명확하게 싫다고 말하는 색이 있다. 바로, 핑크색이다.

핑크색은 이 세상에 있는 색들 중에 제일 낯간지러운 색 같다. 공주라든가 사랑스럽다는 느낌을 표현할 땐 꼭 핑크색을 쓴다. 여자들이 좋아하는 색으로 유명해서 여자들을 공략할 때는 핑크 에디션이 나온다. 내 입으로 핑크가 좋다고 말하는 순간 여자는 핑크를 좋아한다는 고정관념에 들어가게 되는 거다. 모두가 다 예상하는 그대로 되는 건 딱 질색이다. 고정관념을 증명하는 증거가 되는 건 더 싫다. 그래서 핑크가 절대 싫. 다.

"근데 너가 가지고 있는 건 다 핑크인데?"

친구가 손가락으로 내 물건들을 가리킨다. 참나 그럴 리가 없거든? 말도 안 되는 소리에 어이없었지만 혹시나 해서 내 주변을 한번 쓱 둘러보았다.

책상 위에 올려져 있는 내 가방. 핑크색이다. 그 옆의 펜 두 자루도 전부 핑크색. 신고 있는 신발에는 핑크 스트라이프. 입고 있는 티셔츠는 연핑크. 노트 세 권 중 두 권은 핑크. 핸드폰 케이스에 핑크 꽃무늬 패턴. 정신 차려보니 내가 가지고 있는 핑크색 물건이 많아도 너무 많았다. 나…, 핑크공주였다.

"아.. 아니야!! 나 핑크 진짜 싫어해!!"

인정할 수 없었다. 난 분명히 핑크를 싫어하고 파란색을 좋아하는데. 조금 당황했다. 그러다 갸우뚱했다. 혹시, 나 핑크 좋아하나?

괜히 고정관념에 들어맞는 게 싫다고 나 자신을 부인해 온 건 아닌지 한번 되돌아보았다. 그 고정관념에 좀 들어가는 게 뭐 그렇게 대수라고 내가 좋아하는 것까지 인정하지 못하나. 고정관념을 증명하는 증거가 되더라도 내가 좋은 건 당당하게 좋다고 말하자! 나 자신을 있는 그대로 받아들이는 것보다 더 중요한 건 없다.

그래서 이번엔 솔직하게 얘기하려고 다시 입을 열었다.

진짜 나를 솔직하게 고백해야지.

"나 사실…"

나도 내 맘을 어쩔 수 없었다.

"…핑크 진짜 싫어!!!"

핑크를 좋아하는 게 진짜 내가 아니라,
핑크가 싫은데 핑크색 물건이 많은 게 진짜 나인 것 같다.

이렇게 스스로도 맨날 헷갈리고 모순덩어리인 게 진짜 나다.

근데 그게 나쁜 것도 아닌데 어때?
앞으로도 계속해서 핑크 가방에 핑크 신발 신고
핑크색을 싫어한다고 말하고 다닐 거다. 🍦

친한 언니의 이사를 도와주고 늦은 밤에 친구와 택시를 타고 집에 돌아가는 중이었다.

뒷좌석에 둘이 앉아 있는데 친구가 갑자기 가방을 뒤적거리 더니 귀걸이를 여러 개 꺼낸다. 아까 일한다고 뺐던 귀걸이와 피어싱들을 다시 끼우려고 하는 것 같았다. 나에게 거울을 좀 들어 달라고 부탁했다. 택시가 휙휙 지나가며 스치는 가로등 불빛에 의지해 낑낑거리며 끼우고 있다.

거의 다 했는데 마지막 하나 남은 작은 은색 링귀걸이는 도저히 혼자 끼우는 게 힘들었나 보다. 친구는 나한테 좀 끼워달라며 귀걸이를 건네주었다. 고개를 왼쪽으로 돌려서 귀를 들이미는데 이미 큰 링귀걸이가 걸려 있었다. 어디에 걸어야 하냐고 물어보니까 아래쪽에 달라고 했다.

친구는 이제 거울을 내려놓고 나에게 완전히 맡겼다. 컴컴하고 흔들리는 차 안에서 남의 귀에 귀걸이를 걸려니 두 손으로 하는데도 생각보다 쉽지 않았다. 나는 조심조심 그 작은 링귀걸이를 아래쪽에 걸려고 해봤다. 그거 하나 하는 데 10분 넘게 바동거렸다.

겨우 성공했다. 귀걸이를 걸긴 걸었는데 솔직히 너무 안 예뻤다. 링 귀걸이 두 개가 같이 있으니 좀 웃겨 보이기도 하고 이게 뭔가 싶었다. 그래도 패션 쪽에서 일하는 친구라 내가 모르는 요즘 트렌드가 있나 보다 했다. "야야, 다 됐어!" 확인하라고 친구에게 거울을 줬다. 고맙다며 거울을 받은 친구는 쓱 보더니 나를 쳐다본다.

"아니 이거 뭐야???????"

큰 링귀걸이 아래 걸려 8자 모양으로 대롱대롱 달려 있는 작은 링귀걸이를 보고 친구가 째려보면서 웃는다. 세상에 귀걸이를 귀걸이에 다는 사람이 어디 있냐며 어이없게 나를 쳐다본다. 나 역시 친구를 보며 내가 하고 싶은 말이 그거라는 표정으로 쳐다봤다. 내가 봐도 이상했으니까.

알고 보니 귓불에 피어싱 구멍이 하나 더 있었다.

원래 걸려 있던 귀걸이 옆으로 아주 살짝 아래쪽에 있었다. 아, 여기에 끼워 달라는 거였구나. 어쩐지 아무리 패션 하는 친구라도 그 8자 귀걸이 스타일은 좀 아니었다. 제자리를 찾은 귀걸이를 보면서 우리는 서로의 팔을 부여잡고 꺽꺽 웃었다.

　새벽 냄새가 나는 한적한 고가도로를 달리며
　스쳐 가는 가로등 불빛 아래에서 친구와 웃는데,
　그게 참 좋았다. 소중했다. 소중한 순간인 걸 알면서 웃었다.

　이런 순간들이 소중한 줄 모르고 마냥 재밌어하며 생각 없이 흘려보내던 철없는 시절이 끝나고, 이제는 이 순간이야말로 돈을 아무리 갖다줘도 살 수 없는 순간이라는 걸 이미 알면서 웃었다.

　언제 내가 이런 순수한 행복의 소중함을
　알면서 웃는 어른이 다 된 거지. 신기했다. 💡

극한 직업 내 동생 ___

저녁으로 치킨을 먹으며 가족들과 이런저런 옛날이야기를 하
다가 동생과 함께 어릴 적 꿈 얘기를 하게 되었다. 과학자, 간호
사, 화가, 대통령, 발레리나… 얼마나 큰 설렘을 품고 많은 미래
를 꿈꿨는지. 아련함에 막 잠기려고 하는 순간, 동생이 말했다.

"언니 여덟 살 때, 갑자기 헤어스타일리스트 되겠다고
내 머리 가지고 연습한 거 기억나?"

한 백번 정도 장래 희망이 바뀐 내 어린 시절에 헤어스타일

리스트가 꿈일 때도 있었나 보다. 기억이 가물가물했지만 어렴풋이 장난감 화장대 앞으로 동생을 데려와서 머리를 세 갈래로도 묶어보고 일곱 갈래로도 묶어봤던 장면이 떠올랐다. 동생이 그때 자기 머리가 다 뽑히는 줄 알았다며 막 웃었다. 그러고 보니 내 꿈이 바뀔 때마다 동생에게는 매번 새로운 시련이 찾아왔었다.

요리에 관한 책을 읽고 나서 갑자기 요리사가 되기로 맘먹었을 때 내 첫 요리를 먹게 된 손님이 동생이었다. 집에 있는 프라이팬에 납작한 네모 어묵을 구웠다. 비닐에서 꺼내 씻지도 않은 생어묵을 아무 양념 없이 냅다 구웠다. 먹으면 죽을 것처럼 딱딱하게 오그라들어 아무 맛도 나지 않던 그 어묵. 흰 도자기 접시에 고이 담아 동생의 밥그릇 옆에 정성스레 놓아주었다. 동생은 우둑우둑 먹다 뱉었다.

마법사가 꿈인 적도 있었다. 보통 인간도 마음으로 믿고 온 집중을 한곳으로 모으면 마법사가 될 수 있다며 매일같이 마법 연습을 했다. 물건을 손대지 않고 옮기는 연습부터 시작했다. 작은 것부터 하는 게 좋을 것 같아서 필통에 있는 반쪽짜리 분홍색 지우개를 연습 대상으로 정했다. 물론, 혼자 하지 않았다. 동생을 데려다가 옆에 앉히고 1시간씩 같이 지우개를 노려보며 마법 트레이닝을 했다.

패션 코디가 꿈일 때는 동생을 모델 삼아 옷을 하루에도 수십 번씩 갈아입게 만들었고, 작곡가가 꿈일 때는 동생을 보컬 삼아 내가 작곡한 곡들을 엄마 아빠 앞에서 불러보게 했다. 하고 싶은 모든 게 장래 희망이 되는 어린 시절의 나를 스쳐 지나간 모든 직업들에는 덩달아 고생한 동생이 함께 있었다.

지금까지도 동생은 언제든 같이 고생해 주겠다고 한다. 얼마나 고마운지 새삼 느낀다. 가족과 같이 당연한 사람들에게는 낯간지럽다는 핑계로 고마운 마음을 잘 표현하지 못할 때가 많다. 나도 동생에게 그런 말 한번 못 해본 것 같다. 그래서 오늘은 맘먹고 동생에게 고맙다고 말하기로 했다.

지금껏 평생 한 번도 해보지 못했던 말. 고맙다는 그 말.
진심을 담아 지금 전달하기로 했다.

"이거 닭다리 너 먹어."

동생은 이미 하나 먹어서
남은 닭다리 하나는 원래 내 건데,
그걸 동생 그릇에 툭 던졌다.

이 정도면 알아들었겠지. 💡

절대음감이 재능이 아닌 세상 ___

차에서 현란한 클래식 음악이 나온다.

가족 여행을 가는 길이었는데 이때 나는 내가 절대음감이라는 걸 처음 알게 되었다. 피아노 연주 소리를 따라 '솔미파라시시레미도' 하며 계이름을 신나게 부르는데 그런 다섯 살짜리 내 모습을 보며 엄마 아빠가 놀라시는 것이다.

엄마 아빠가 왜 놀라시는지 이해가 안 갔다. 음악을 들으면서 계이름 따라 부르는 게 왜 놀랄 일이지. 원래 다 그런 거 아닌가.

음악이 귀에 들어왔을 때 언제나 음계가 같이 들렸기 때문에 당연히 세상 사람들 모두 들을 줄 안다고 생각했다.

다섯 살의 나는 내게 신기한 능력이 있다는 것보단 다른 사람들이 못 듣는다는 사실에 충격을 받았었다. 귀를 열고 듣기만 하면 들리는 걸 왜 못 듣는 걸까. 이 음은 누가 들어도 '도'이고 이건 누가 들어도 '솔'인데. 음이 안 들린다는 게 어떤 느낌인지 이해가 안 됐다. 귀를 막는 것도 아닌데 왜 들리는 걸 듣지 못하는가. 사람들이 못 듣는 게 이상한 거지 내가 특이한 게 아니라고 생각했다.

그렇게 절대음감은 평범한 거라고 굳게 믿고 지냈다. 하지만 얼마 안 가 음악가들과 몇몇 교수님에게 테스트를 받고 나서 내가 소수의 '특이' 부류라는 걸 인정하게 되었다.

다들 멋있다며 박수를 쳐줬다. 절대음감이라고 하면 부러워하는 친구들도 많았다. 하지만 절대음감이 사회에서 재능이라고 안 불려졌다면 아마 '장애' 부류로 들어갔겠지.

사실 재능과 장애의 경계도 참 애매하고,
특이함과 평범함의 경계도 애매하다.

어쩌면 절대음감을 가진 우리가 소수이지만 오히려 더 평범하다고 할 수 있을지도 모른다. 음계가 귀찮게 자꾸 들려오는 이 능력이 없는 게 오히려 편하게 음악을 들을 수 있는 특별한 재능이라며 치켜세워 주는 게 당연했을 수도 있다. 너 절대음감이 없다고? 와! 너는 그러면 무조건 음대 가야지!

어차피 애매한 경계. 우린 그 어느 것도 영구적이고 확실하게 정의할 수 없다. 네모난 지구도 동그랗게 바뀌었는데 또 300년 뒤에 울트라 최첨단 망원경으로 보면 햄버거 모양일지는 누가 아나. 이게 저거고 저게 이거고 요게 저거고 이게 요거라는 걸 모두가 인정한다면, 그런다면 세상은 어떨까.

아마 서로를 판단하고 구분하는 일조차
의미 없고 귀찮아질 것 같다.

진짜 편하고 자유로운 세상일 것 같다. 🎈

쪼꼬릿은 가끔 자주 먹고 싶다 ____

'쪼꼬릿'이 먹고 싶을 때가 가끔 자주 있다.

기분 좋은 날은 기분 좋으니까 쏘옥. 스트레스받는 날은 스트레스 풀려고 쏘옥. 밥 먹고 나면 달달한 게 땡기니까 쏘옥. 쉬는 날은 행복해야 되니까 쏘옥. 분명 매번 특별한 이유가 있어서 먹었는데 모아놓고 보니 일주일 내내 쪼꼬릿을 달고 살고 있었다.

주변에서 너무 많이 먹으면 몸에 안 좋으니까 좀 줄이고 조금씩만 먹으라고 권유했다. 나도 항상 줄여야지 생각을 하고 있긴

한데 막상 편의점에 가면 가지런히 앉아서 나를 팔랑팔랑 부르는 쪼꼬릿들을 데려오지 않을 수가 없다.

도대체 왜 아는 맛이 더 무서운 걸까. 알지 못했으면 좋았을까. 두 개 사면 하나 더 준다는 상술에는 매번 자발적으로 넘어간다. 나는 마케팅 수법인 걸 아주 잘 인지하고 있는 똑똑한 고객이지만 어차피 쪼꼬릿은 많으면 많을수록 좋으니깐 겸사겸사 그 수법에 넘어가서 선택적 호구 고객이 된 것뿐이다.

그렇게 세 개를 샀으면 3일에 나눠 먹어야 하는데 그날 밤 한꺼번에 왕창 다 먹어버린다. 정신을 차려보니 매주 쪼꼬릿을 몇 통씩 먹고 있었다.

치과 가는 게 제일 싫어서 결혼도 치과 의사랑은 절대 안 한다고 했는데 이러다가 조만간 이가 썩어서 치과 단골이 되는 게 아닌가 걱정이 되기 시작했다. 치과 의사랑 결혼은 무슨, 젊은 나이에 틀니를 끼게 되어서 결혼해 준다는 사람 자체가 없어질지도 모르겠다.

아무래도 진짜로 줄이긴 줄여야 할 것 같다. 일 나기 전에 미리 예방하자. 아무리 쪼꼬릿이 주는 행복이 크더라도 틀니까지 감수할 정도는 아니니까.

드디어 큰맘을 먹었다. 쪼꼬릿 먹는 날을 딱 정해놓고 그날 이외에는 절대로 먹지 않기로 했다. 어떤 날을 쪼꼬릿 먹는 날로 정할까 고민을 많이 했다.

잠깐이 아니라 오랫동안 지키려면 기억하기 쉬워야 하고 재미도 있어야 하는데. 한참 더 고민하다가 매일매일 쉽게 알 수 있으면서 재밌는 날을 드디어 정했다.

바로, 이응 'ㅇ'이 들어가는 날만 초콜릿을 먹기!
예를 들면, '월'요일과 '일'요일!

내가 같이 뛰어내려 줄게

음….

그리고 '오'늘?

아, 그리고 와요일. 우요일. 옥요일. 음요일. 오요일. 💡

밤 열두 시만 되면 라면 생각이 나는데,
왜 샐러드 생각은 안 날까.

충치가 생기는 쪼꼬릿은 달콤한데,
왜 몸에 좋은 쑥즙은 너무 쓰기만 한 걸까.

병원에서 주는 약은 힘들게 꿀떡 삼켜야 하는데,
왜 많이 먹으면 배탈 나는 아이스크림은 입에서 사르르 녹을까.

아무래도 세상이 조금 잘못 만들어진 것 같다.

건강에 나쁜 것들은 입에 중독적이어서 자꾸만 생각나고 자꾸만 먹고 싶은데 건강에 좋다는 것들은 이상하게 밍밍하거나 쓴 게 많다. 꼭 이 딜레마 사이에서 우리가 고뇌하길 원하는 것처럼.

이런 세상에서 우리는 의도적으로 건강에 좋은 것들을 먹어야 하고 인스턴트 음식들은 노력을 해서라도 덜 먹어야 한다. 참 자연스럽지 않다. 자연스럽게 먹고 싶은 걸 먹었더니 다 건강한 것들이고 먹기 싫은 것은 안 먹었는데 건강에 나쁜 것들이면 얼마나 좋을까.

내가 세상을 만들 수 있다면,

젤리를 먹으면 이가 튼튼해지고
아이스크림을 먹으면 단백질이 보충되고,

치킨이 야채주스보다 건강하고

다이어트 식단은 피자가 되게 만들 거다.

와플에는 비타민이 가득하고
샐러드에는 지방밖에 없어서

친구가 샐러드를 먹으려고 하면
몸에 안 좋다고 말리면서
건강에 좋은 라면을 먹으라고 얘기하는 거다.

이게 좀 말이 되는 세상 아닌가.

근데 또 그러면 건강에 나쁜
샐러드가 더 맛있어 보일 것 같기도 하다. 💡

달랑 캐리어 두 개를 들고 머나먼 미국행 비행기에 홀로 올랐다. 앞으로 오랫동안 못 볼 가족들이었지만 이상하게 나는 마지막 인사를 나눌 때조차 눈물이 나지 않았다. 어린 마음에 감당하지 못할 감정을 미리 차단해버린 듯 심장이 약간 차갑게 얼어 있었다.

그렇게 시간이 흘러 어느덧 미국 생활에 익숙해진 어느 날.

달력을 보니 곧 내 생일이 다가오고 있었다. 친구 몇 명과 함께 맛있는 디저트를 먹으러 가려고 생각 중이었다. 그때, 전화 한 통이 걸려왔다.

전화를 건 사람은 다름이 아니라 미국에서 내가 아는 유일한 한국인 아주머니였다. 혼자 미국까지 와서 고생한다며 어린 나를 종종 챙겨주셨다. 근데 때마침 내 생일이라는 소식을 듣고 전화를 하신 것이다.

"우리 집에 한번 오렴. 아줌마가 맛있는 밥해줄게."

나와 친구들은 이모네 집으로 향했다.

이모가 차린 음식은 그야말로 잔치상이 따로 없었다. 갈비찜, 굴 된장국, 미역국, 구운 만두, 잡채, 배추김치, 각종 나물, 잡곡밥, 떡… 끝도 없이 나오는 음식은 모두 이모가 손수 아침부터 만든 한국 음식들이었다.

나는 사실 미국에 살면서 한국 음식을 그리워한 적이 거의 없었다. 오히려 매일같이 스테이크를 먹고 간편하게 샐러드를 먹는 미국식 식단을 더 좋아했다. 그래서 이모가 전화로 한국 음식을 해주신다고 하셨을 때도 감사한 마음이 더 컸지 한국 음식 자체에 대한 기대는 별로 없었다.

음식을 전부 다 모아놓고 보니 정말 오랜만에 보는 한식 상차림이었다. 한국 음식이 다소 생소한 내 미국인 친구들은 더더욱 눈이 휘둥그레졌다. 한국 음식을 별로 안 그리워했다고 믿고 있었는데 막상 고소한 된장국 향을 맡고 김치가 포개진 걸 보니 갑자기 가슴이 먹먹해져 왔다. 이모가 마지막으로 주방에서 나물 한 접시를 가져와 내 앞에 놓으면서 말씀하셨다.

"많이 먹어~ 생일인데 아줌마가 엄마 대신해 줄게."

먹음직스러운 음식 앞에서 신나게 숟가락을 들어야 할 것 같은데 이상하게 눈물이 나오려고 했다. 갈비찜에 들어간 양념은 하루 전부터 만들어서 고기를 재워 두어야 하고, 잡채에 들어간 여러 가지 야채도 하나씩 다 썰어서 볶아야 하고, 국에 들어간 미역도 따로 불려야 하고.

그러고 보니 한식은 참 손이 많이 가는 음식이네.

엄마도 요리하는 거 싫어하는데도

나랑 동생이 뭐가 먹고 싶다고 하면 항상 이렇게 해줬는데.

갈비찜 위로 김이 모락모락 올라올 때마다, 일부러 보지 않으려고 저 구석에 밀어놓았던 추억과 그리움이 한꺼번에 밀려 올라왔다. 가족들과 같이 밥 먹고 웃고 떠들던 게 생각났다. 엄마 아빠가 "밥 먹어!"라고 외치면 동생과 함께 숟가락과 젓가락을 식탁에 놓던 게 생각났다.

밥 한 술 뜰 때마다 내 마음속에서 기억도 함께 한 숟가락씩 퍼지는 게 멈춰지지 않았다. 눈물을 꾹꾹 참아가며 잡채를 한 젓가락 집고, 깨가 뿌려진 나물을 입에 넣었다.

그래도 나는 음식을 다 먹고 집에 올 때까지 한 번도 울지 않았다. 가슴이 울컥울컥하기는 했지만 참을 수 있었다. 집에 돌아와서 엄마에게 전화를 걸었다.

"엄마, 오늘 그 이모가 내 생일이라고

한국 음식으로 완전 상다리가 휘어지게
집밥을 차려주셨는데 된장국이 진짜 맛있었어!"

엄마는 열심히 자랑하는 나의 얘기를 가만히 들어주었다. 근데 엄마의 눈시울이 점점 붉어졌다. 결국 엄마가 울었다. 이제껏 우는 모습을 잘 볼 수 없었던 엄마였는데.

머나먼 타지에서 오랫동안 못 먹어본
된장국을 대접받은 건 난데,
내가 아닌 엄마가 울었다.

왜 우냐고 물어보자 엄마는 내게 이렇게 말했다.

"그 이모한테 너무 고마워서…."

요즘은 더 자주 이런 생각이 든다. 엄마는 나보다 나를 더 사랑하고 아끼고 있는 것 같다. 내가 그 사랑을 다 배울 수 있는 날이 오긴 할까?

내가 누군가를

나보다 더 사랑할 수 있는

깊은 사람이 된다면,

그건 엄마 덕분일 것이다.

내가 그 사랑을

다 배울 수 있는 날이

오긴 할까?

5장

가장 행복한 순간은

아직 안 왔다

역시 운이란 건 내 인생에 없구나.

점수판을 보니 가장 많이 보이는 숫자가 0이다.

친구들과 볼링 점수가 80점이 넘거나 스트라이크를 하나라도 치면 추로스를 먹기로 했다. 솔직히 운으로라도 한 번쯤은 들어 가는 스트라이크를 많이 봤기 때문에 자신이 있었다. 볼링공에 손도 안 대본 친구들도 어쩌다 스트라이크 한 번은 쳤다. 나도 하나 정도는 치겠지. 가벼운 마음으로 공을 굴리기 시작했다.

색깔이 예뻐서 가지고 온 핑크색 공을 양손으로 볼링장 레인에 툭 떨궜다. 공은 떼구루루 굴러가더니 오른쪽 끝에 서 있던 볼링핀을 겨우 두 개만 쓰러뜨렸다. 두 번째 시도는 아예 아무것도 건드리지 않고 어둠 속으로 사라져버렸다. 아직 초반이니까 중간쯤 가면 점점 나아지겠지.

그런데 여덟 번째가 지나고 아홉 번째가 지났다.
그러고도 계속 지났다.
열다섯 번째, 열여섯 번째, 열일곱 번째….

이대로는 안 될 것 같아서 이 자세 저 자세를 다 시도해 보고 공도 두 번이나 다른 걸로 바꿨다. 조금 더 가벼운 거, 조금 더 무거운 거. 힘껏도 굴려보고 살짝도 굴려봤다. 어느덧 게임은 후반부를 지나고 있었다. 노력하면 할수록 더욱 갓길로 빠져드는 공을 보다 보니 이제는 이 볼링 게임이 맘처럼 되지 않는 우리의 인생 같아 보였다. 괜히 스트라이크 한번 못 쳐보고 게임이 끝나면 남은 내 인생도 똑같이 운이 없을 것만 같았다.

그래서 스트라이크를 칠 수 있는 마지막 기회인

열아홉 번째 공을 굴리기 전에는 속으로 간절히 빌었다.

제발 제발 제발 제발, 스트라이크 치게 해주세요!

현실을 제대로 자각하고 헛된 희망을 키우지 않는 것도 지혜라고 하던데, 끝까지 하지 말고 포기해 버릴까. 옆에는 잘해보겠다며 중간중간 계속 바꾸고 고르며 가져온 공 세 개가 나란히 놓여 있었다. 마지막은 어떤 공으로 쳐야 할지 모르겠어서 멍때리며 바라봤다.

나중에 들고 온 초록색 공과 남색 공은 안 쓰기로 했다. 너무 잘 치겠다고 애쓰면서 골랐던 공들이었다. 애써봤지만 어차피 소용없었으니 그냥 색깔이 예쁘다고 대충 집어 왔던 핑크색 공을 다시 들었다. 포기를 할까 말까 마지막 순간까지 고민하다가 마음을 먹었다.

정말 마지막으로 딱 한 번만 더 믿고 해보자.
인생에서 이렇게 비장했던 적이 또 있었나 싶을 정도로
볼링공을 진지하게 굴렸다.

툭툭툭
도그르르르르르
쮜에에에에엥 퇘앙!!!!!!

핑크공이 하얗게 모여 있는 볼링핀들의 정중앙을 쩽 하는 소리를 내며 뚫고 지나갔다. 너무 깜짝 놀라서 바로 레인 앞으로 튀어갔다. 공은 레인 끝에 있는 열 개의 볼링핀을 전부 혼자 쓰러뜨렸다. 스트라이크였다.

어….

이런 기적이 나한테도 일어난다고?

말도 안 되는 극적 반전 행운이 나한테도 일어나다니. 마지막 시도에 뜬금없는 스트라이크라니. 더 이상 노력조차 할 필요 없다는 생각이 드는 포기의 순간이 왔을 때 다시 한번 희망을 가지고 해봐야 하는 이유가 이것인 걸까.

행운이 나타나는 시기가 그 모든 것의 마지막 끝에 있어서,

희망 다음에 희망 다음에 실망이 찾아오고,
실망 다음에 실망 다음에 절망이 찾아오고,
절망 다음에 절망 다음에 포기가 찾아온다.

그 마지막 포기 순서에서 희망을 가지면
행운이 찾아오는 것이다.

내가 친 막판 스트라이크가 말하는 것 같았다.
너의 인생도 아직 포기하기 이르니 희망을 가지라고.

아니면 추로스 먹으라고? 🌭

이른 나이에 주름이 생겼다.

선명할 정도로 입가에 팔자주름이 쭉쭉 갔다.

설마 하는 마음으로 거울을 보고 살짝 웃어봤다. 딱 그 자리
다. 미소 지을 때 들어가는 그 선을 따라 주름이 들어가 있었다.
이번에는 활짝 웃어봤다. 이제 확실해졌다. 활짝 웃었을 때 생기
는 입가의 선을 따라서는 더 깊은 주름이 들어가 있었다.

젊음이 귀한 줄 모르고 아무 생각 안 할 때는 없다가 젊음이

얼마나 귀한지 좀 알 때쯤 덜컥 들어오는 희미한 주름. 눈가도 아직 탱탱하고 이마도 판판한데 입가에만 주름이 쭈욱 가 있다. 많이 웃으면 웃을수록 좋은 거라더니 그 대가가 너무 일찍 생긴 팔자주름이다. 자주 웃으면 노화가 앞당겨진다는 얘기는 아무도 안 했던 것 같은데.

벌써 보이는 내 주름이 썩 좋진 않았다.
근데 그렇다고 그렇게 싫지도 않은 느낌이었다.

할머니들을 보다 보면 그중에서도 유난히 참 예쁘고 귀여운 할머니가 있다. 그런 할머니의 얼굴에 들어선 주름들은 이상하게 늙음의 증거처럼 보이지 않는다. 오히려 얼굴을 더 아름다워 보이게 해주는 역할을 한다. 그런 할머니가 가지고 있는 주름은 웃는 주름이었다.

웃는 미소를 따라 입가에 줄이 하나가 가고 둘이 가고.
웃을 때 접히는 눈가에 줄이 셋이 가고 넷이 가고.
박장대소를 하면 볼에 접히던 줄이 다섯이 가고 여섯이 가고.

그렇게 늘어난 웃음 주름들이었다. 할머니의 주름을 볼 때 나는 할머니의 인생 속에 존재했던 모든 웃음과 미소를 함께 볼 수 있었다. 주름 하나에 할머니의 행복들이 깊게 담겨 있었다. 그래서 주름으로 쪼글쪼글한 할머니의 얼굴이 예뻐 보였던 것이다.

나도 항상 그런 할머니가 되고 싶은 막연한 꿈이 있었다.
그래서 내 팔자주름이 막 싫지만은 않았나 보다.

나이가 들어 거울을 보았을 때,

시간이 많이 흘러 얼굴만으로도
걸어온 인생 발자국이 보일 때,

작은 것에도 자주 웃고 누구에게나 아낌없이
따뜻하게 미소 지어준 삶이 담겨 있는
그런 의미 있는 주름들로 가득 찬
아름다운 얼굴이 비치면 좋겠다.

그래서 청춘의 나이에 벌써 생겨버린

이 팔자주름을 더 이상 싫어하지 않기로 했다.

할머니뿐 아니라 청춘인 나에게도 이건 수십만 번은 웃어야 이 예쁜 자리에 겨우 만들 수 있는 귀한 웃음 주름 한 줄이니까. 이 줄 하나에 그동안 수십만 번 쌓아온 내 소중한 웃음과 기억하지 못하는 아름다운 추억까지 다 담겨 있으니까. 한 줄 한 줄 나는 더 아름다운 사람이 되어가는 거니까. 하나씩 계속 모아서 예쁜 할머니가 되어야지.

이러다 나 할머니 때
전성기 되는 거 아니야?

영감들 싹쓸이하면서 다녀야지. 🏆

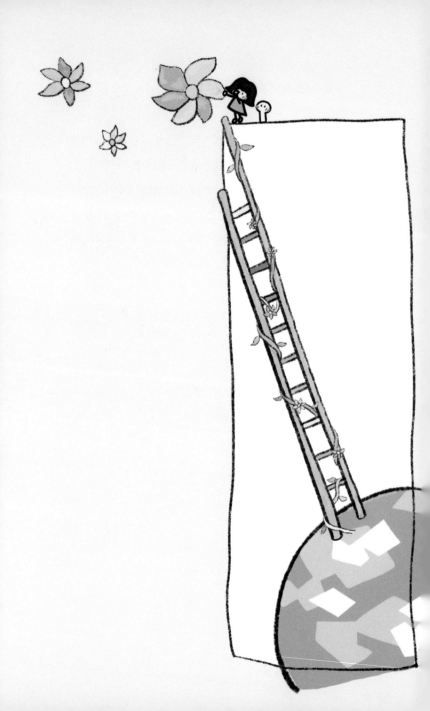

내 영상이 유명해지는 건 너무 좋은데

덩달아 거기 나오는 내가 유명해지는 건 부담스럽다.

한번 빠진 음식은 세 달 내내

삼시 세끼 오로지 그것만 먹는다.

친구들은 이제 화장 박사가 되어 있는데

나는 인생 통틀어 립스틱 한번 발라본 적이 손에 꼽는다.

이렇게 사는 방식들이 나는 아주 당연하다고 생각했다.

흠, 그것보단 별생각을 해본 적이 없었다고 하는 쪽이 맞겠다.

그런데 요즘 자아 성찰을 시작했다. 조금 더 객관적인 타인의 시선에서 나 자신을 볼 줄 알아야 한다고 생각했다. 그렇게 바라본 내 모습은 당연히 무난할 줄 알았는데 꼭 그렇지가 않았다. 어쩌면 내가 특이한 사람일 수도 있겠구나. 남들이 아무리 특이하다고 해도 한 번도 그렇다고 느껴본 적이 없었는데 나 자신을 특이하다고 스스로 인정하려니 기분이 약간 이상했다.

평범하고 싶었던 적도 없었지만
그렇다고 특이하고 싶었던 적도 없다.
무난하게 나는 나대로 살고 싶었던 것 같다.

평소 다른 사람이 어떻게 생각하든 신경도 안 쓰고 살던 나였는데도 선뜻 내가 특이하다는 걸 인정하려니 저절로 주춤거려졌다. 다수의 사람들로부터 구분된다는 건 그래도 약간 두려운 일인 것 같다.

아빠한테 말했다.

"아빠, 나 가만히 스스로를 돌아보니까

좀 특이한 사람인 것 같아."

그리고 왜 내가 특이한지 구구절절 설명했다. 어차피 아빠는
다 알고 있는 것들이겠지만 다시 한번 줄줄이 읊어봤다. 아빠 나
아무래도 특이한 거 맞지?

그랬더니 아빠가 말한다.

"특이한 게 아니고, 특별한 거야. 우리 딸이 멋있는 거지."

딱 한 글자만 다른 건데 '특별하다'는 특이하다는 말과는 느
낌이 많이 다르다. 아빠 말대로 멋있는 느낌이다. 그 차이는 무엇
을 보는지에 따라 달라지는 것 같다. 다른 사람과 비교해서 보면
나는 특이한 사람이 되겠지만, 오로지 나만 놓고 보면 나는 특별
한 사람이었다.

주변이 아니라 스스로에게 집중할 때,
특이한 삶이 아니라 특별한 삶을 살 수 있게 되는 거였다.

나는 이제부터 특이한 사람이 아니라
특별한 사람으로 살기로 했다.

아빠가 나를 사랑하는 만큼만 내가 나를 사랑하고, 아빠가 나를 바라보는 눈으로만 내가 나를 바라볼 수 있다면 그 어디서도 나는 특별한 사람이 될 수 있을 것 같다. 💡

홀로 끌고 가던 캐리어 ____

가파르지만 엄청 짧은 오르막을 올라가고 있었다.

날은 흐렸고 사람은 없었다. 아마 내가 이고 끌고 가는 짐의
무게를 다 합치면 내 몸무게를 훌쩍 넘기고도 남았을 것이다. 이
사를 간다고 책부터 온갖 카메라에 옷까지 전부 꾸깃꾸깃 넣었
으니 안 무거울 리가 없었다. 앞으로 뭘 할지 어떻게 할지 아무
것도 모른 채 무작정 짐을 싸서 뭐라도 하겠다고 나왔지만 당장
이라도 울 것 같았던 그날.

살짝 힘을 푸는 순간 캐리어를 따라 뒤로 끌려갔다. 팔에 힘이 빠져 부들거리며 간신히 올라갔다. 이제 진짜 한계다. 에라, 모르겠다. 손에서 캐리어를 놔버리고 싶은 순간만 수십 번이었다. 하지만 그러면 이 모든 걸 다시 처음부터 시작해야 하니까 차마 그러지 못하고 어떻게든 버텼다.

한 2미터 정도 되었나. 짧은 오르막이었는데 체감상 진짜 10킬로미터 같았다. 빈손으로는 삼십 초면 올라갔을 오르막을 삼십 분 넘게 낑낑거리고 땀범벅이 돼서야 겨우 올라갔다. 힘이 약한 게 서러워서 눈물이 나올 것 같았다. 할 일이 있으니 울음을 집어삼켰다.

이사가 끝나고 그 오르막을 완전히 잊고 살았다.

한 계절이 지나고 여름이 되었다.
중요한 약속이 있는데 늦어서 뛰듯이 걸어가고 있었다. 버스 정류장을 찾아가다가 오랜만에 그 오르막을 지나게 되었다. 금발의 백인 여학생 한 명이 큰 가방에 캐리어까지 끌고 그곳을 올라가고 있었다.

내가 그 오르막을 올라가는 당사자가 아니라 바라보는 사람이 되어보니 그 언덕이 달라 보였다. 언덕이 높긴 했지만 짧아서 짐이 있더라도 조금만 힘주면 금방 쉽게 올라갈 수 있을 것 같았다. 그 얼마 안 되는 오르막을 끙끙거리며 올라가려는 여학생이 별거 아닌 걸 너무 오버하는 것처럼 보이기까지 했다.

그래서 사람들이 안 도와주나 보다. 지금은 지나가는 사람들이 참 많은데도 아무도 안 도와준다. 잠깐 힘주고 올라가면 될 거 같으니까 '혼자 해도 될 거 같은데?' 속으로 그렇게 생각하고 지나치고 있는 것 같다. 충분히 그럴 만했다.

나도 그냥 지나치려 했다. 지금 오는 버스를 놓치면 약속 시간에 무조건 늦는 거라서 안타깝지만 그냥 모른 척하고 내 갈 길을 가려고 했다.

그런데 짐을 끌던 여학생의 캐리어 하나가 넘어졌다.

'쿵' 하는 순간 갑자기 여학생의 모습에서 몇 달 전 내가 보였다. 끙끙거리며 올라가다 내 캐리어도 저렇게 넘어졌었지. 참 별

거 아닌 것 같아 보이는데 짐이 다 빠질 때까지 올라가야 했던 언덕이었지. 정말 여러 번 울컥했었는데, 그때 나는 겨우 하나 끌고 올라가면서도 서러웠는데 캐리어를 몇 개씩이나 끌고 가는 저 여학생은 지금 얼마나 힘들까. 누가 좀 제발 도와주면 좋겠다고 생각하며 울먹였던 그날이 생각났다. 그냥 지나칠 수가 없었다.

"저기 위까지 가세요? 도와드릴게요."

그 순간 여학생의 얼굴에서 눈에 보일 정도로 엄청난 안도감이 확 나타났다. 우리는 같이 짐 하나를 밀고 올라갔다. 몇 달 전 나 혼자 캐리어를 밀고 올라갈 때는 그렇게 무거웠는데 두 명이서 미니까 이렇게 가벼울 수가 없다. 언덕 위에 금세 도착했다. 여학생은 고맙다고 열 번씩 얘기하면서 고개를 여러 번 꾸벅였다.

내가 이 언덕을 몇 달 전에 올라가 보지 않았다면 몰랐겠지.

그때 내가 바들바들 손발이 떨리고 서러워 눈물 고여봤기에 여학생을 도와줄 수 있었다. 안 그랬으면 나 역시 지나가는 다른 사람들처럼 이해 못 하고 그냥 지나쳤을지도 모른다.

우리의 고통과 아픔은 그것이 크든 작든 누군가를 이해하고 도와줄 수 있게 연결해 주는 다리가 되는 것 같다. 바로 그때, 내가 겪은 아픔은 저주가 아니라 사랑의 시작이 되는 축복으로 변한다.

아픔을 사랑의 기회로 쓰면 축복으로 변하고,
그 기회를 놓치면 아픔으로 내가 썩는 것 같다.

굳이 썩을 필요는 없자나…? 히히. 💡

단것만 먹으니 질린다 ___

세상에 좋은 것만 존재하면 얼마나 좋을까.
나쁜 사람, 나쁜 일, 나쁜 상황이
존재하는 이유를 이해할 수 없었다.

그런데 드디어 이해한 것 같다.

아침으로 쿠키를 먹었다. 아주 달고 부드러운 버터 쿠키. 우유
랑 같이 먹으니까 입에서 적당히 녹아들어 술술 들어갔다. 역시
과자는 아침에 먹는 게 최고인 것 같다. 눈뜨자마자 당을 충전해

서 그런가. 평소보다 에너지도 더 넘치는 기분이었다.

점심으로는 양념이 푹 밴 달달한 갈비를 먹었다. 친구랑 둘이
서 한 4인분을 해치우고 근처 카페에서 디저트로 마카롱까지 시
켰다. 수다를 떨다 보니 입이 심심해 초콜릿도 한 조각 먹었다.
근데 초콜릿 마지막 조각을 입에 넣을 때쯤 되니 약간 질리는 느
낌이 들었다. 단 걸 너무 많이 먹었나 보다.

저녁으로는 크랜베리가 들어간 달콤한 치킨샌드위치와 고구
마를 먹었다. 이건 내가 원해서 먹은 게 아니라 단체로 먹는 저
녁이라 어쩔 수 없이 그냥 같이 먹었다. 아침부터 저녁까지 너무
단것만 먹었더니 입 안이 마비된 것 같았다. 달달한 고구마를 한
입 베어 물 때는 도대체 내가 단것을 먹는 건지 뭘 먹는 건지 입
에 감각이 없는 느낌이었다. 혀가 하루 종일 단맛에 절여져서 더
이상 단맛이 무엇인지 느끼지 못했다.

평생 매끼 단것만 먹을 수 있다면 아주 행복하게 살 수 있다
고 강력하게 외치던 나였는데, 겨우 하루 식단을 단것만 먹었다
고 단맛이 뭔지 느낄 수 없게 되었다. 짠맛이 그립고 매운맛이

그리웠다. 만약 그게 안 된다면 비린 맛이나 떫은맛이라도 느끼고 싶었다. 단맛만 빼면 뭐든 오케이였다.

이 세상에 착하고 좋은 것만 있었다면 우리는 과연 좋은 일이 좋은 거라는 걸 인지할 수 있었을까? 단맛에 질려 단맛이 뭔지도 모르고 심지어 물리고 만 것처럼 좋은 일 속에서 감각이 마비되어 좋은 것을 제대로 누리지 못하지 않았을까.

생각해 보면 태어나서 제일 행복했을 때는
마냥 기분 좋고 신나기만 할 때가 아니다.

너무 힘들게 무언가를 얻었을 때,
상처로 마음을 굳게 닫은 사람이 마음을 열기 시작했을 때,
소중한 사람이 힘든 걸 끝끝내 이겨냈을 때,

인생에서 기억에 크게 자리 잡은 감격스러운 행복들은 오로지 좋은 것만 있었던 게 아니라 아픔과 고통도 있었다. 너무 기쁘면 눈물이 나는 이유도 진정한 기쁨에는 웃음과 눈물이 함께하기 때문이 아닐까.

나쁜 일을 통해서 좋은 일을 누리는 법을 배우고

슬픔을 통해 더 큰 기쁨을 맛보기도 하면서

아픔과 고통도 결국 행복을 향한 길임을 배워가는 것일까.

먹을 건 단짠단짠.

인생도 단짠단짠. 🔔

내가 같이 뛰어내려 줄게

이제는 발걸음을 크게 ___

새해가 되면 갑자기 의욕이 넘쳐서 이루고 싶은 게 많아진다.
그리고 모두 다 할 수 있을 것만 같다.

나도 매년 스무 개씩 길고 긴 목표 리스트를 작성했다. 새로운
언어 하나 마스터하기, 꾸준히 운동하기, 일주일에 책 한 권씩 읽
기, 매달 조금씩이라도 저금하기, 아이스크림 끊기. 매번 열댓 개
나 줄줄이 썼었다. 작년과 다르게 올해는 모든 걸 다 지키고 아
주 멋있고 새로운 사람으로 다시 태어날 수 있을 것만 같다. 마
법 같은 의지가 불타오른다.

그러나 단 한 번도 전부 다 지켜본 적이 없다.

그해가 끝나갈 때 리스트 중 한두 개를 아직 기억이라도 하고 있다면 다행인 거다. 화려하게 탈바꿈한 새로운 한 해를 꿈꾸던 내 열정은 이미 첫 달이 가기 전에 사라지기 때문이다. 덕분에 매년 지키지 못한 이 계획들은 순서만 바뀌서 십 년째 그대로 재활용 중이다. 매년 새해 목표로 똑같은 걸 쓰고 또 쓴다.

그래서 이번부터는 확 줄여버렸다.
새해 목표를 딱 하나만 적었다.

결국 목표를 이루고 인생을 바꾸는 건
방대한 계획이 아니라 오늘 하루니까.

오늘 하루 내가 이룰 수 있는 건 하나 정도밖에 되지 않는 것 같으니 이 사실을 인정하고, 작지만 전부인 하나의 변화에 집중하기로 했다. 항상 꿈은 크고 발걸음은 짧았다. 이제 꿈은 줄이고 발걸음을 늘리고 싶다.

어른이 된다는 건 많은 걸 잃어버리는 일인 줄 알았는데,
더 많은 걸 얻어가는 중인 것도 같다.

현실에 맞춰 꿈이 줄어들었다. 마냥 큰 꿈을 꾸며 설레던 어린
순수함은 사라졌다. 하지만 내 작은 발걸음 하나가 얼마나 대단
한 힘을 가졌는지를 알게 되었다. 어쩌면 크기로 따져도, 작은 오
늘 하루의 변화가 끝도 없는 꿈보다 더 클지도 모른다.

어른이 되어서야 그 작은 한 발자국을
정말 내 것으로 만들 수 있게 되었다.

설마 그것조차 실패하면...?
웁스. 💡

기억할 만한 인생이었다 ____

언젠가 떠날 인생.

그 누구도 아니고, 내 기억에 남는 인생으로 살 거다.

이 땅에서 평생 숨 쉴 것처럼 돈을 모으고,

이 집에서 평생 살 것처럼 집에 모든 걸 다 바치고,

이 직장에 평생 다닐 것처럼 고개를 수그리고 다닌다.

하루하루 늙어가는 게 거울 속에 비치는

내 얼굴로 다 나타나는데도

내가 같이 뛰어내려 줄게

우리는 이 인생을 떠날 날이 온다는 걸 잊고 산다.

뛰어다닐 수 있는 아직은 튼튼한 다리, 안경만 쓰면 볼 건 다 보이는 눈, 남의 짐 한두 개쯤은 더 들어줄 수 있는 팔이 평생 내 맘처럼 따라와 주리라는 어렴풋한 믿음을 가지고 산다. 하지만 인생이 차마 끝나기도 전에 작동을 반쯤 멈춰버린다는 것 역시 우리 모두가 알고 있다. 팔다리를 움직일 수 있을 때만 할 수 있는 게 너무 많은데 겨우 지하철 타고 왔다 갔다 할 때 쓰는 게 전부다.

내 인생은 꼭 내 것 같지만
정작 내가 원할 때 마침표를 찍을 수도 없다.
하지만 한 가지 분명한 건 언젠가는 떠난다는 것이다.

삶에 치여 살아남기 급급해 자꾸 그 사실을 잊는다. 하지만 끝이 기다리고 있다는 걸 이젠 매일매일 마음에 새기고 싶다. 끝이 있다면, 죽음이 날 기다리고 있다면 더 과감하게 살 수 있을 것 같으니까.

죽음을 핑계로 무모한 도전도 해보고, 죽음을 핑계로 아낌없이 모든 걸 다 쏟아서 누군가를 사랑해 보기도 하는 것이다. 어차피 언젠가 떠날 인생인데 한번 해봐야지.

만약 내 삶이 끝도 없이 굴러갔다면 평생 나 자신을 지키느라 더 딱딱하게 웅크리고 살았을 텐데 어쩌면 죽음은 삶에 있어서 축복이다. 끝도 없는 달리기라면 숨차지 않게 애초에 뛰지도 않았을 테지만 끝이 있는 달리기니까 한번 숨차게 달려보고 싶다.

그렇게 살아서 인생이 끝나는 그날에,
지난 내 삶을 되돌아보는 그 순간에,
'기억할 만한 인생이었다'라고 말하고 떠날 수 있게.

모든 걸 뒤에 두고 떠나는 순간
마지막으로 기억하는 추억이
내 영혼의 평생이 될 테니까. 🎈

거울 앞에서 몇 번을 시도하다가
갑자기 식은땀이 나면서 울렁거려
화장실 변기 옆에 주저앉았다.

태어나서 처음 치실을 써보려다가 너무 무서워서 주저앉았다.
어른용도 아니고 노란색 어린이용 치실을 들고 있었다. 잘 안 들
어가는 치실을 억지로 잇새로 비집고 넣는 게 너무 무서워서 머
리가 핑 돌 정도로 긴장했던 것이다. 그 치실을 휴지통에 냅다
버리고 나니까 3초 만에 괜찮아졌다.

겨우 치실 하나 때문에 머리가 휘청거리며 식은땀까지 났다는 걸 믿고 싶지 않았다. 빨리 잊고 싶었다. 이러면 안 되는데 자꾸만 이전의 기억이 같이 겹쳐져 올라왔다.

　치실 하나에 식은땀이 날 정도로 정신이 약해빠졌다니. 맞아. 이전에도 멘탈이 약해서 포기했던 기회들이 한둘이 아니었지. 독하게 버티지 못해서 도망쳤던 순간들이 생각났고, 넌 그렇게 정신이 약해서 뭘 하겠냐고 했던 목소리들이 기억났다.

　그래! 지금까지 치실 없이 잘 살았는데 뭐.
　양치 잘하면 이 안 썩을 거야. 치실 따위 필요 없어!

　다행히도 특기가, 힘든 건 금방 잊어버리는 금붕어급 건망증이다. 1시간도 안 되어서 치실의 존재 자체도 잊어버리고 젤리를 쩝쩝거리고 있다. 젤리를 다 먹고 조금 뒹굴거렸더니 어느새 저녁 시간이다. 아직 배는 안 고팠지만 닭갈비 비빔밥이 맛있어 보여서 저녁을 먹으러 갔다 왔다. 기분이 아주 좋았다.

　집에 오자마자 이를 닦으려고 칫솔에 치약을 짜는데 옆에 남은 새 치실들이 보였다. 아까 쓰던 거 하나만 버리고 나머지는 안 버렸나 보다. 새로 치실을 하나 꺼내 집어 들었다. 그리고 제일 가운데 아래 앞니 사이로 치실을 살짝살짝 넣어보기 시작했다. 왜 그랬는지 모르겠는데 그냥 조금씩 조금씩 해봤다. 이 사이에 끼어 끼끼 아래로 내려갈 때마다 그 뭔가 껴 있는 매우 심각하게 불편한 느낌은 점점 심해졌지만 그래도 그냥 쪼금씩 내려갔다.

계속 불편하게 내려가던 치실은 어느 순간 탁!! 갑자기 자유로워졌다. 쭉 내려가다 거의 바닥 쪽 잇몸 가까이까지 가니까 약간 빈 공간 같은 곳에 도달했는데 그곳이 도착지였던 거였다. 아, 치실이 끝까지 내려가면 여기였구나! 탁 하고 들어가는 이 지점까지 가면 되는 거구나.

이걸 알고 나자 다른 이에 치실을 댈 때는 무섭지가 않았다. 탁 하고 들어가는 곳까지만 가면 된다는 걸 아니까 치실이 이 사이로 들어가는 게 끝도 없이 무서운 느낌이 아니라 잠깐 지나가는 불편함일 뿐이었다.

치실이 너무 무서웠던 건 사실 치실 자체가 무서웠던 게 아니라, 치실이 처음이라 몰라서 무서웠던 거였다. 탁 하고 들어가는 느낌을 알고 있었다면 울렁거릴 때까지 긴장하진 않았을 텐데.

모르면 무서운 게 당연하다.
처음이라 무서운 게 당연하다.

나한테 처음인 건 치실뿐만이 아니다. 새로운 사람들과의 인간관계, 이제 막 배우기 시작한 운동, 새로운 학교나 직장, 처음 살아보는 오늘. 마주했을 때 도망치고 싶을 때가 많다. '나랑은 정말 너무 안 맞아!' 이렇게 스스로 합리화하고 실제로 뛰쳐나온 적도 참 많았다. 그렇다고 뛰쳐나온 후에 맘이 편한 것도 아니었다. 멘탈이 약하다고 스스로를 참 많이 몰아붙였다.

그때의 나에게,
처음엔 무서운 게 당연하고 괜찮은 거라고 토닥여 주고 싶다.

그리고 지금의 나에게는,
무서워도 한 발자국 더 가도 괜찮다고 토닥여 주고 싶다.

조금 더 참고 들어가 보니 치실이 무섭지 않아진 것처럼, 처음 해보는 다른 것들 역시 조금 더 참고 가다 보면 무섭지 않은 순간이 언젠가 올 것이다. 그걸 알고 앞으로 나아가면 그 가는 발걸음이 덜 떨리겠지.

그 순간이 올 거라고 믿으며
조금 더 늦게 포기하고
조금 더 앞으로 가봐야겠다. 💡

언니 오빠 호칭 사라져라 ____

언니 오빠란 말이 사라졌으면 좋겠다.

언니 오빠 호칭이 있으니까
나이를 물어봐야 되고

나이를 물어보니까
나이에 맞게 행동해야 될 것 같고

나이에 맞게 행동해야 하니까
나이에 맞지 않는 내 행동이 잘못된 것 같고

내 행동이 잘못된 것 같으니까
내가 잘못된 사람이 된 것 같다.

한국말을 훨씬 더 좋아하고 한국말이 훨씬 더 예쁜 것 같은데
언니 오빠 호칭이 없다는 점에서는 영어가 훨씬 좋다. 열 살짜리
꼬마도 나한테 이름 부르고 나도 할머니뻘 되는 사람에게 이름
을 부를 수 있다. 존댓말도 반말도 없고 그 누구에게도 언니처럼
행동해야 하거나 동생처럼 행동해야 할 부담감도 없다. 그 사람
에게 나는 그냥 나인 것이다.

그리고 나에게도 그냥 나이고 싶다.
나이도 호칭도 성별도 아무것도 상관없이
그냥 나이고 싶다.
정말 나다운 것이 무엇인지
이제야 조금씩 알아가고 있는 것 같다.

누군가의 기대치에 의해서 만들어진 나.

나조차도 속이는 나를 버리고 처음부터 새로 시작하자.

진짜 나를 찾아가기 위해 마음 가는 대로 해보기로 했다.

모두가 나를 사교적인 사람이라고 했다. 쉴 새 없이 사람들을 만났는데 그걸 잠시 쉬어봤다. 밖에 나가기 싫을 때 억지로 안 나가고 집에 있었더니 일주일 동안 집 밖으로 한 발자국도 안 나갔다. 훨씬 더 좋았다. 그러다 일주일이 딱 넘으니까 나가고 싶었다. 알고 보니 나는 밖에서 충전하는 사람이 아니라 쉬면서 충전한 다음에 나가야 하는 사람이었다.

스스로 청소를 엄청 싫어한다고 생각했다. 그런데 오랫동안 집에 혼자 있으니까 시키지도 않은 청소를 하고 있었다. 사실 더러운 방이 내 자유로운 영혼을 보여주는 거라며 약간 자랑스러워하는 면도 없잖았다. 그런 내가 깔끔하고 깨끗한 걸 이렇게 좋아해서 매일 쓸고 닦고 있을 줄 몰랐다.

사람들이 믿는 나다운 것,

내가 믿는 나다운 것 둘 다 틀렸었다.

진짜 나다운 것은 따로 있었다.

좋아하는 사람이 생기면 뭘 좋아하는지 열심히 관찰하고 기억해 가면서 그 사람을 알아간다. 똑같이 나 스스로에 대해서도 관심을 가져서 알려고 해야 나를 알아갈 수 있는 것 같다.

그러다 때로는 세상의 기대치에 어긋나거나,
나이에 맞지 않아 보이거나,
나도 알고 싶지 않았던 내 모습을 알 수도 있겠지.

그것 또한 인정하고 사랑해 줄 각오로
진짜 나를 알아가려고 한다.

보름달 아래 있는 나는 작지만 컸다 ____

저녁을 먹고 의자에 앉아 거실 창밖을 봤다.

오늘따라 유난히 큰 달이 떠 있었다.

아파트와 산봉우리의 빈틈 사이에 아주 커다랗게 자리 잡고 있었다. 꼭 귤빛으로 변해가려는 듯 노란빛이 과하게 찐해서 예쁜 느낌은 아니었다. 달 표면의 울퉁불퉁한 자국까지 선명하게 보여서 동요 속에 나오는 '달달 무슨 달 쟁반같이 둥근달'보다는 험난한 우주에 존재하는 야생 위성으로서의 달 같았다.

"엄마, 엄마! 저 달 좀 봐봐. 엄청 노랗고 크다?"

엄마도 옆에 와서 보고는 이렇게 큰 달은 처음 본다고 했다. 거친 달 표면 때문에 그런지 아니면 너무 커서 그런지 달이 좀 험악한 깡패 같아 보이기도 했다. 그 앞에 있는 아파트를 꼭 통째로 삼켜 버릴 것처럼 떠 있는 달을 바라보고 있자니 꼭 내가 한 마리 개미가 된 것 같았다.

개미 한 마리.
하나의 귀하디귀한 생명이 깃든 존재.

하지만 동시에 인간의 무심한 발자국 한 번에
그 자리에서 죽을 수도,
어느 가벼운 바람 자락에 실려 가
외딴곳에 떨어져 버릴 수도 있는 하찮은 존재.

새삼스럽지만 그게 나였다. 내가 살고 있는 지구조차도 드넓은 우주 어딘가에서는 보이지도 않는 먼지 같은 행성이지. 그 지구에서도 대한민국, 그리고 대한민국 중에서도 서울, 서울에서도 매일같이 얼마 안 되는 반경이 내 생활의 전부다. 동네에서 멀리 가봐야 겨우 버스 몇 정거장이다. 애초에 집에서 잘 나가지도 않으니까 거의 내 방 몇 평이 삶의 대부분이라고 볼 수 있겠다.

지구에서 제일 잘나가는 인간도 우주에서 내려다보면 코딱지 하나보다도 존재감이 없을 텐데, 심지어 나는 어디 대통령도 아니고 대단한 머리를 가지고 있는 천재도 아니다. 지나가는 평범한 행인 정도라도 되면 다행이다. 이 작은 사회에 나 같은 보통 사람이 펼칠 수 있는 영향력은 참 작다. 이 정도로 아무것도 아닌 작은 존재가 지구 밖에 있는 다른 행성, 달을 바라보며 생각이란 걸 할 수 있다는 게 신기할 지경이다.

하루가 어떻게 가는지도 모르고 살다 보니 자꾸 까먹는데 나는 언제나 우주 속 하나의 생명으로 존재하고 있었다.

그 하나의 생명이라는 걸 이따금 기억할 때마다 내가 참 작고 작은 존재 같으면서도 작기 때문에 더욱더 큰 존재처럼 느껴지기도 한다. 이렇게 쪼끄맣고 보잘것없는데도 쉭 날아가지 않게 두 발을 땅에 딱 붙이고 꿋꿋이 살아가고 있구나. 내가 작은 존재라서 굴하지 않고 버티며 살아가는 게 더 대단하고 그래서 더 멋있다.

개미는 작지만 어느 누가
개미의 인생까지 작은 것이라고
감히 말할 수 있을까. 🔍

나는 작지만 어느 누가

나의 인생까지 작은 것이라고

감히 말할 수 있을까

이 터널을 걷다 보면 ＿＿＿

난 언제든 죽을 준비를 하고 산다.

전쟁에서도 이미 죽을 각오를 하고 싸우는 군인들을
살고자 하는 마음으로 싸우는 사람들이
이길 수 없다고 하지 않나.

나는 죽을 각오로
삶을 살아가는 것 같다.

내가 같이 뛰어내려 줄게

인생을 겁먹으면서 살아가면 정말 그 어떤 것도 할 수가 없다.

만약에 하고 싶은 걸 했는데 안 되면 어떡하지.

도전을 했는데 망해버리면 어떡하지.

이 힘든 시기를 버티고 또 버텼는데

좋은 날이 안 오면 어떡하지.

맘대로 살고 싶은 대로 살았다가 비참해지면 어떡하지.

만약 너무나 처참한 날이 온다면,

모든 게 망해버려서 끝내고 싶다면,

그냥 그때 가서 난 미련 없이 스스로 끝내버리겠다.

그런 마음을 가지고 산다.

지금이 처참하다면 이 처참함을 견뎌낸다.

견뎌내고 이 터널 끝에 다다랐을 때 빛이 안 보인다면

그때 가서 끝내도 늦지 않는다고 말하면서

터널을 저벅저벅 걸어간다.

이 터널에 끝이 없어도

그렇게 죽을 각오로 저벅저벅 걸어가다 보면

삶은 나를 그렇게 쉽게 죽도록 내버려두지 않아서
꼭 빛이 보인다.

삶은 전쟁터라고 했던가.
그래서 나는 죽을 각오로 전쟁터로 나간다.

언제든 끝낼 준비를 하고 살면
두렵지 않고 과감해진다. 🔔

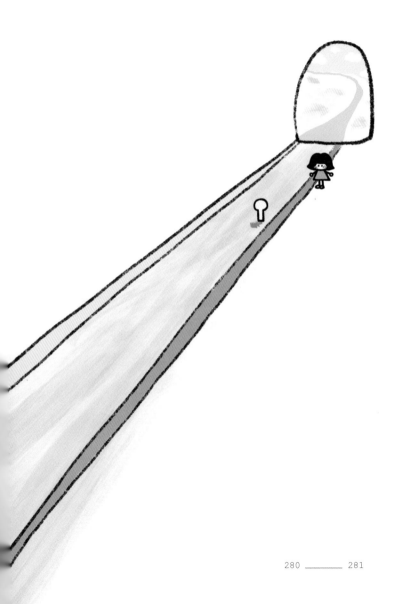

세상에서 가장 소중한 건
사랑하는 마음 같다.

나의 것을 전부 희생해서라도 도움이 필요하다면 누구든지
아주 기꺼이 돕는 그런 용감하고 선한 사람이 되고 싶지만 사실
그게 말처럼 쉽지 않다.

어느 대단한 위인이나 되어야 그런 용기 있는 사람의 삶을 살
지. 그냥 보통의 사람으로 태어나서 진짜 선한 사람으로 살기는

쉽지 않다. 남을 위한 희생은 무슨, 심지어 나한테 좋은 게 있다면 조금은 불공평한 세상이라도 그대로 유지하고 싶은 이기적인 마음도 가지고 있다. 혹시나 내가 다칠까 봐 손해 볼까 봐 두려워서 옳은 일인 걸 알면서도 선뜻 나서지 못할 때도 수없이 많았다.

선한 인간이 되려면 태어날 때부터 그런 용감한 심장을 따로 가지고 태어나야 하는 게 아닌가 싶다. 아무렴 내가 노력한들 마더 테레사님이 될 수 있나. 다시 태어나야 겨우 '발꼬락' 하나쯤 닮을 수 있을 것 같은데. 솔직히 그 정도로 착하게 살고 싶다는 마음 자체조차 내게 있는지 모르겠다. 이번 생은 그냥 욕심에 무너지는 인간으로 살다 가야 하는 건가.

보통의 사람인 나에게는 희망이 없다는 생각에 체념했다.
타고나지 못해서 인간다운 인간으로
살아보지 못하고 가겠구나.
나한테 불리하면 비겁해지는 그런 겁쟁이로 살다 가겠구나.
그렇게 바닥만 쳐다보고 있었는데,

그런데,

나도 있었다.

나도 인간다운 인간으로
살 수 있는 힘이 있었다.

사랑이었다.

사랑하는 가족을 위해서라면 아무리 겁쟁이라도 날아오는 총
알에 겁 없이 몸을 던져 가족들을 구할 정도로 용감해진다. 진심
으로 사랑하는 연인이 생기면 아무리 욕심쟁이라도 기꺼이 마지
막 남은 하나까지 퍼주고 싶어질 정도로 아까운 게 없어진다.

쫄보인 나도 사랑할 때만큼은
기꺼이 주고 기꺼이 희생할 수 있는
용감한 사람이 되어 있었다.

사랑은 그렇게 나 같은 보통의 사람에게서도
가장 아름답게 인간다운 모습이자
가장 용감한 모습을 꺼내주었다.

만약 그 사랑으로 내 사람뿐 아니라 생명 자체를 사랑하는 법을 배운다면, 생명이 깃든 것을 위해서라면 고민하지 않고 기꺼이 나를 희생할 수 있지 않을까. 그러면 평범한 나도 선한 인간 그 발치 언저리쯤 살다 떠나갈 수 있지 않을까. 혹시 용기 있는 삶을 살았다고 말하며 떠나갈 수 있지 않을까.

보통의 사람에게
이런 희망을 주는 게 사랑이라서,
선한 사람만 가진 대단한 힘을
보통의 사람에게 주는 게 사랑이라서,

그래서 세상에서 가장 소중한 건
사랑하는 마음 같다. 🕯

내가 같이 뛰어내려 줄게 ____

친구가 요즘 힘들다고 했다.

삶의 이유를 잘 못 찾겠다고. 무엇을 위해 계속 살아야 하는지
의미 없는 하루하루를 보낸다고. 유일하게 하고 싶은 건 아무도
없는 무인도에 가서 하늘을 바라보다 조용히 세상에서 사라지는
거라며 당장 뛰어내리고 싶다고 했다.

친구의 두 손을 꼭 붙잡으며 힘내라고,
그래도 열심히 해보자고, 너는 할 수 있을 거라고,

그렇게 말하지 않았다.
대신 이렇게 말했다.

"내가 같이 뛰어내려 줄게."

근데 어차피 뛰어내릴 거,
그러기 전에 네가 꼭 하고 싶었던 거 하고 와.

먹고사느라 바빠서 못 본 드라마들,
전부 다 질릴 때까지 보고 와.

사람들 눈치 보느라 망설였던 꿈,
그거 후회 없이 좇아가 보고 와.

멀리서 보며 좋아했던 사람한테,
밥이라도 한 끼 먹자고 하고 와.

울면서 다닌 그 회사, 때려치우고
네가 좋아하는 여행도 다녀와.

학교에서 읽으라는 책 말고,
네가 읽고 싶은 책도 맘껏 읽고 와.

그러고 나서도 살기 싫으면
내가 너랑 같이 가줄게.

근데 그 옥상에서 우리 치킨 하나만 배달시키자. 너는 딸기 라
테 좋아하니까 내가 딸기 라테도 시켜 줄게. 우리 그거 질릴 때
까지 그 옥상에서 거하게 먹고 그다음에 뛰어내리자. 배부르게
먹고 죽은 귀신이 때깔도 좋다잖아.

아, 맞다. 미안한데 나 치킨 너무 좋아해서
질리려면 한 700년 정도 걸릴 거 같아.

친구니까 당연히 끝까지 같이 먹어줄 거지?
나 밥 혼자 먹는 거 못 하는 거 알잖아.

같이 먹고 있다 보면 어느새 또 지나가고
행복한 날이 와 있을 거야.

우리 같이 행복하자

내가 같이 뛰어내려 줄게

초판 1쇄 발행 2022년 3월 31일
초판 22쇄 발행 2024년 6월 11일

지은이 씨씨코
펴낸이 김선식

부사장 김은영
콘텐츠사업2본부장 박현미
디자인 마가림 **책임마케터** 문서희
콘텐츠사업5팀장 김현아 **콘텐츠사업5팀** 마가림, 남궁은, 최현지, 여소연
마케팅본부장 권장규 **마케팅1팀** 최혜령, 오서영, 문서희 **채널1팀** 박태준
미디어홍보본부장 정명찬 **브랜드관리팀** 안지혜, 오수미, 김은지, 이소영
뉴미디어팀 김민정, 이지은, 홍수경, 서가을
크리에이티브팀 임유나, 박지수, 변승주, 김화정, 장세진, 박장미, 박주현
지식교양팀 이수인, 염아라, 석찬미, 김혜원, 백지은
편집관리팀 조세현, 김호주, 백설희 **저작권팀** 한승빈, 이슬, 윤제희
재무관리팀 하미선, 윤이경, 김재경, 이보람, 임혜정
인사총무팀 강미숙, 지석배, 김혜진, 황종원
제작관리팀 이소현, 김소영, 김진경, 최완규, 이지우, 박예찬
물류관리팀 김형기, 김선민, 주정훈, 김선진, 한유현, 전태연, 양문현, 이민운

펴낸곳 다산북스 **출판등록** 2005년 12월 23일 제313-2005-00277호
주소 경기도 파주시 회동길 490 다산북스 파주사옥
전화 02-704-1724 **팩스** 02-703-2219 **이메일** dasanbooks@dasanbooks.com
홈페이지 www.dasan.group **블로그** blog.naver.com/dasan_books
종이 스마일몬스터 **인쇄** 민언프린텍 **제본** 국일문화 **코팅·후가공** 제이오엘앤피

ISBN 979-11-306-8888-6 (03810)

• 책값은 뒤표지에 있습니다.
• 파본은 구입하신 서점에서 교환해드립니다.
• 이 책은 저작권법에 의하여 보호를 받는 저작물이므로 무단 전재와 복제를 금합니다.

다산북스(DASANBOOKS)는 독자 여러분의 책에 관한 아이디어와 원고 투고를 기쁜 마음으로 기다리고 있습니다.
책 출간을 원하는 아이디어가 있으신 분은 다산북스 홈페이지 '투고원고'란으로 간단한 개요와 취지, 연락처 등을
보내주세요. 머뭇거리지 말고 문을 두드리세요.